Oswald Cockayne

Hali Meidenhad

An alliterative Homily of the Thirteenth Century

SALZWASSER
VERLAG

Oswald Cockayne

Hali Meidenhad

An alliterative Homily of the Thirteenth Century

1st Edition | ISBN: 978-3-75255-878-4

Place of Publication: Frankfurt am Main, Germany

Year of Publication: 2022

Salzwasser Verlag GmbH, Germany.

Reprint of the original, first published in 1866.

Hali Meidenhad.

Hali Meidenhad,

FROM MS. COTT. TITUS D. XVIII. FOL. 112c.

AN ALLITERATIVE HOMILY

OF THE

THIRTEENTH CENTURY.

EDITED BY

OSWALD COCKAYNE, M.A.

LONDON

MDCCCLXVI.

FOREWORD.

Þɪs treatise on þe high state of virginity contains so many coarse and repulsive passages, þat it was laid out for printing wiþout a modernized version; but þe printer complained þat þe explanatory footnotes were a trouble to þe compositors and an encumbrance on þe page, and þe translation became a last resource. Þe most objectionable portions have been Latinized.

In his praise of þe virgin state, þe auþor has given such way to his zeal, as to fall into frequent attacks on wedlock; and against þem þe editor has sometimes entered a lively protest. No age of Christianity has sanctioned any such condemnation of "marriage honourable in all," and, of right, holy. Where any fanatics ventured on such folly, þey were quickly branded, by þe truer sense of þe church, as unsound. None, perhaps, in our days can be so ignorant as to declare in favour of þose notions. In þe earliest church a warning example is seen in Tertullianus, who, ðough a warm and able defender of þe faiþ, lost all credit by adopting Montanist views. Among þe advocates for purity, none can rival Origenes, who went to a lengð which he afterwards himself reprobated, and which his editor, Bishop Huet, found so little laudable, þat he refused

to believe of his au𝛿or þat he used þe knife, and will have it
þat he resorted to refrigeratives, such as hemlock is said by
Dioskorides to be. Yet Origenes, devotee as he was to þe
" purity ". doctrines, damns, wi𝛿 a full and due sentence,
partly . in þe language of St. Paul, þose " forbidding to
marry," as holding " doctrines of devils;" and avers þat while
celibacy is a state of grace, marriage is also, by just inference
from þe apostolic language, a state of grace also. For þe
readers full satisfaction, I add þe words of þe original : Καὶ
ἐπεὶ ὁ θεὸς συνέζευξε, διὰ τοῦτο χάρισμά ἐστιν ἐν τοῖς ὑπὸ θεοῦ
συνεζευγμένοις, ὅπερ ὁ Παῦλος ἐπιστάμενος, ἐπίσης τῷ εἶναι τὴν
ἀγνὴν ἀγαμίαν χάρισμα, φησὶ καὶ τὸν κατὰ λόγον θεοῦ γάμον
εἶναι χάρισμα, φάσκων· θέλω δὲ πάντας ἀνθρώπους εἶναι ὡς
ἐμαυτόν· ἀλλ' ἕκαστος ἴδιον ἔχει χάρισμα ἐκ θεοῦ, ὃς μὲν οὕτως,
ὃς δὲ οὕτως. He þen quotes Matth. xix. 6; 1 Tim. iv. 1, 2, 3,
driving home his protest against such teachers as þe au𝛿or of
Hali Meidenhad by þe words κωλυόντων οὐ πορνεύειν μόνον,
ἀλλὰ καὶ γαμεῖν, " forbidding not fornication merely, but even
marriage." Hence it is plain þat to speak evil of þe marriage
estate is no tenet of any large body of Christians, or of þe early
church, and in editing þis work it was fitting to declare a dis-
sent from such teaching.

I assume, from þe tone of þe tract, its eager advocacy of
nunneries and profession, its mixture of advice and authority,
þat þe writer was of no less þan þe episcopal order. A proba-
bility is visible þat he was also þe au𝛿or of þe Ancren Riwle,
of þe life and passion of St. Margaret, St. Juliana, St. Ka𝛿arine,
of þe piece Si Sciret paterfamilias, of þe Oreisun of St. Mary,
and of oþer tracts now lost. Þese are all in þe same homely,
terse, eloquent English of þe former half of þe þirteenþ century,

and are all of a devotional character, and almost all addressed to maidens, professed and veiled. Þe story of St. Margaret is distinctly named in þe Ancren Riwle as known to þe ladies to whom þe latter piece is addressed, and in þe tract now printed (p. 45) þe examples of St. Kaðarine, St. Margaret, St. Agnes, St. Juliana, St. Lucy, St. Cecilia are recommended.

If it be probable þat þe present tract is written by þe same hand, and addressed to þe same ladies as þe "Ancren Wisse," þen it is also probable þat þeir nunnery was at Tarante Kaines, in Dorsetshire, on þe Stour; for a Latin copy of þe Rule, at Oxford, in Magdalen College Library, has þe inscription, "Hic incipit prohemium venerabilis Patris Magistri Simonis de Gandavo, Episcopi Sarum, in librum de vita solitaria quem scripsit sororibus suis anachoretis apud Tarente." Þe Latin Cottonian copy, Vitell. E. vii., once had, as appears from Smiths catalogue, 1696, þe following title or memorandum upon it, "Regulæ vitæ Anachoretarum utriusque sexus scriptæ per Simonem de Gandavo, Episcopum Sarum in · usum suarum sororum. Hunc librum Frater Robertus de Thorneton, quondam Prior, dedit claustralibus de Bardenay."

Mr. Morton sufficiently proved þat þe Latin is a translation from þe earlier English, and þe testimonies above may be reconciled wið þe date of þe language of þe English, by understanding Simon of Ghent to be þe auðor only of þe Latin version. He was bishop from 1297 to 1315.

It remains þat we imagine one of þe Poores, bishops successively of Sarum, Herbert from 1194 to 1215, and Richard from 1217 to 1229, to be þe writer of þe original English, addressed, we need not doubt, to ladies at Tarente, in Dorset. Richard, þe dean of Salisbury, was consecrated (1215) to

Chichester, and removed to Salisbury (1217), and Durham (1229), in which see he died (1237). Matthew Paris (p. 439) gives an edifying account of his deað bed. Þe records of þe foundation at Tarente are in no public repository, a few particulars only are mentioned by Dugdale: if þey exist, þey are in private hands, possibly þose of þe owners of þe estates.

LONDON, JUNE, 1866.

GLOSSARY.

[The main part of the forms of words in this treatise is easily traced in the Saxon: and howbeit our dictionaries be defective and grammars incomplete, yet in the loss of genders and terminations, which the language had suffered in the thirteenth century, these deficiencies are of less importance. The translation and the explanations at the end of St. Marherete supersede a larger glossary, and only a few points present themselves for notice. In some instances a reexamination of the text has suggested improvements. Thus, on p. 43, the reading of B. assaileð, might have been admitted into the text. On p. 46, line 7, for *every* read *eternal*, as it stands a few lines lower. In p. 11, l. 28, ahest means *oughtest*. In the first line of fol. 127*a*, for cruni, which the MS. presents, perhaps cunni, *try*, would be a better reading.]

Auriola, p. 23.

Bere, *voice*, p. 31.

Cangun, *a broad short built man*, p. 33. CONGEON, one of low stature or a dwarf. Bailey (1759). The cammede kongons cryen after col, col, And blowen here bellewys that al here brayn brestes. Rel. Ant. I. 240. *The crooked conguns cry after coal, coal, And blow their bellows till their brains crack.*

Cheowan, *to jaw*, p. 31.

Cockung, p. 47. *Standing like a game cock to a fight, uppishness.* So Cocksy, *uppish.* (Baker Norðhants.)

Cuncweari, *conquirere.* We have here a proof that in 1230 the English pronunciation of Latin was in accordance with that of other nations.

Erles, *earnest*, p. 7.

Euening, p. 7.

Eðeliche, *of no great value*, fol. 113*c*, 125*c*, 126*a*. Wyrta sind eaðelice gesceafta (Saxon Homilies, vol. ii., p. 464). *Worts are things of not much value.* þe rihteoise godd wule þat we demen us eðeliche aut lahe (Si sciret, fol. 5*a*). *The righteous God willeth that we deem ourselves low and of small esteem.*

Famplen, p. 37.

Forhohe, p. 25, from Forhogian, here Forhohien.

Frakele, *fragilis*, p. 7.

Goderheale, p. 29.

Halschipe, p. 5.

Hearmen, p. 47, l. 1.

Heueld, p. 21. Saxon Hæfeld, *Licium.*

Huler, p. 31. ȝef alle luþer holers were yserved so, Man schulde fynde þe les such spouse breche do. (Robert of Gloster, p. 26, Hearne.)

Kenchinde, p. 17. Cinkende hleahter *risus excessus* in Rule of Mynchens. See Lye in cincung, *cachinnatio.*

Leirwite, p. 47, (so) for Leger wite, *punishment lair.*

Menskian, p. 23, *to have mercy.*

Mis for to donne, p. 17 = for to misdonne.

Onont, p. 9.

Smirles for Smirels, p. 13.

Stikelinde, p. 17. Sticol occurs in the Saxon, though not in the dictionaries.

Strunden, p. 35.

Sunegild, *guilty of sin* (?), p. 43.

Sutelliche, p. 23. Saxon *Sweotollice.*

Sweamen, pp. 17, 35, *to flutter, disturb.* See Egilsson in Sveimur, Sveimr; also Cædmon and Codex Exoniensis; and compare the Dansk Svæve. Dietrichs view seems erroneous.

Swirforð, p. 23. Cf. "To come down cock's neckling, *i.e.* head foremost. Wilts" (Grose).

Tricchet in itricchet, p. 9.

Truckie, pp. 5, 7.

ȝettede, p. 21. See Glossary to Layamon.

ȝiscian, p. 29, or *sigh.* See *Boet,* p. 2, l. 27.

þufftenes, p. 45, Geþoftan.

HALI MEIDENHAD.

HOLY MAIDENHOOD.

[MODERNIZED.]

Text of the dis-course. Psalm xlv. 11.

Audi filia et vide et inclina aurem tuam et obliviscere populum tuum et domum patris tui. David þe psalmist þus speaks in þe psalter to þe spouse of God, þat is, each maiden þat has maidens manners; and he saið: "Hear me, daughter, behold, and bend þine ear, and forget þy

What each word means.

people and þy faþers house." Take notice what each word here separately signifies. "Hear me, daughter," he

Why he calls the maiden daughter.

says. He calls her daughter, in order þat she may understand þat he is teaching her affectionately þe love of a better life, as a faþer should his daughter, and þat she may þe more cheerfully listen to him as a faþer. Hear me, precious daughter, þat is to say, diligently listen to me wið þe ears of þine head; "and behold," þat is, open þe eyes of þine heart to understand. "And bend þinð ear," þat is, be buxom or obedient to my instruction. She may answer

She asks why he is so earnest.

and say, What is þis lore þat þou admonishest so deeply, and teachest me so earnestly? Lo, þis, "Forget þy people

He preaches to edification,

and þy faþers house." David calls þe assembly wiþin þee of fleshly ðoughts, þy people, þat lead and draw þee wið þeir prickings of fleshly corruptions to carnal lusts, and entice þee to marriage and to a husbands embraces, and make þee to ðink what a delight þere would be þerein.

and meets sup-posed objections.

How much good might grow out of þe offspring of you two! Ah! false ðoughts, cease a suggestion þat defiles þy mouð; while þou settest forð all þat seems good, and concealest all þe bitter mischief þat lieð below, and all þe

HALI MEIDENHAD.

Audi filia et uide et inclina aurem tuam et obliviscere
populum tuum et domum patris tui.

psalm, B.

       Dauid þe ſalmwrihte

       ſpekeð iþe ſauter

       toward godeſ ſpuſe towart, B.

       þat iſ euch meiden

       þat haueð meidene þeawes.

ꝛ ſeið. Her me dohter. Bihald ꝛ buh þin eare ꝛ forʒet her, B.
ti folc ꝛ tine fader huſ. Nim ʒeme hwat euch word beo tineſ, B.
ſunderliche to ſeggen. Jher me dohter he ſeið. Dohter ant, B. which reads so throughout.
he clepeð hire. for þi þat ha underſtonde þat he hire liues
luue lueneliche leareð aſe fader ah hiſ dohter. ꝛ heo him feader, B.
aſe fader þe bliðeluker luſtni. Jher me deorewurðe dohter. deore, B.
[Fol. 112d.]
þat iſ ʒeorne luſtne me wið earen of þin heaued. ꝛ bihald. heauet, B.
þat iſ opene to vnderſtonde þe ehne of þin heorte. And
bei þin eare. þat iſ beo buhſum to mi lare. Ho mei onſweren
ꝛ ſeien. Hwat iſ nu þis lare þat tu nimeſt ſe deopliche.
ꝛ leareſ me ſe ʒeorne? low þiſ. forʒet ti folc ꝛ tine fader learſt, B.
huſ. þi folc he clepeð dauid þe ꬲederunge inwið þe of fleſch-
liche þohtes. þat leadeð þe ꝛ drahen wið hare priꞏcunges leadieð ꝛ dreaieð, B.
of fleſchliche fulðen to licomliche luſtes. ꝛ eggeð þe to
brudlac ꝛ to weres cluppinge. ꝛ maken þe to þenchen hwuch cluppunge, B.
delit were þrin. hwuch eiſe. þe richedom þat tes lauedis
hauen. Hu muche god mihte of inker ſtreon waxen. A falſ
folc of ſwikeſ read aſ ti muð uleð aſ·þu ſcheaweſt forð al
þat God þunckeð ꝛ heleſt al þat bitter bale þat ter lið

great loss þat þereby arises. Forget all þis people, my precious daughter, saið David ɖe prophet, þat is, cast out of þine heart all þese ðoughts. Þis is þe people of Babylon, þe army of þe devil in hell, þat is wið intent, to lead þe daughter of Sion, into þe service of þe world. Þe high tower of Jerusalem was sometime called Sion, and Sion in þe English language is as much as to say, high vision. And þis tower typifies þe elevated state of virginity, þat beholds as from on high, all widows and wedded women, boð of þem beneað it. For þese, as ðralls to þe flesh, desire þe service of þe world, and remain below on earð. But she stands ðrough her exalted life in þe high tower of Jerusalem, not below on earð, but from þe high tower in heaven. Þis is typified hereby. From þat Sion she looks down on all þe world below her, and by þe life of angels, þe heavenly one, þat she leads, þough in þe body she dwell on earð, she is, as it were, in Sion, þe high tower in heaven, free beyond þem all from all worldly vexations. Ah! þe people of Babylon þat I named just now, þe host of þe devil in hell, þat is, lusts of þe flesh and eggings on of þe fiend, ever war and warp towards þis tower for to cast it adown, and draw into servitude þe maiden þat stands so high þerein, and hence is called daughter of Sion. And is she not really cast down and drawn into servitude, þat of so very high a place, of so great dignity and such honour, as it is to be Gods spouse, Jesu Christs bride, leman of þe lord, before whom all kings bow, lady of all þe world, as he is Lord; like him in reverence, immaculate as he is, and as þe blessed maiden his precious moðer is; like his holy angels, þat observe his behests; so mistress of herself þat she need ðink nought of any oðer ðing but of her leman, wið true love to please him; for he will care for her, he þat haþ taken heed of all þat she wants, while she rightly loved him wið true faið. Is not, as I said, she þen sorely cast down and drawn into servitude, þat from so high elevation and so happy a freedom, shall descend so low into a man's service, as þat she shall have noðing as mistress of herself, and barter away the heavenly

Marginal notes:

He preaches with zeal.

He edifies.

Sion a high tower.

Maidens in more bliss than widows and wedded.

Babylon.

A nun has Jesus for bridegroom.

Marriage a thraldom.

under. ꞇ al þat muchele lure þat ter of ariſeð. forȝet al þis [Fol. 113a.]
folc deorewurðe dohter ſeið dauid þe witeȝe. þat if þeos   þeo, B.
þohteſ warp ut of þin heorte. þis iſ Babiloneſ folc þe deueles
here of helle. þat iſ umben for to leaden in to þe worldes
þeowdom Syoneſ dohter. Syon waſ ſum hwile iclepet þe
hehe tur of Jeruſalem. And ſeið ſyon aſe muchel on
engliſche leodene. aſe heh ſihðe. And bitacneð þiſ tur. þe
hehſchipe of meidenhad þat bihald as of heh alle widewen   hehneſſe, B.
under hire ꞇ weddede baðe. for þeos as fleſches þralles
beoð in worldes þeowdom ꞇ wuneð lahe on eorðe. Ah   wunieð, B.
heo ſtont þurh heh lif iþe tur of ieruſalem Nawt of lah   T. defective.
on eorðe ; ah of þe hehe tur in heouene. þat iſ bitacned
þurh þiſ. Of þat ſyon ha bihalt al þe world under hire. ꞇ
þurh englene liflade ꞇ heuenlich þat leades þah ha licom-   ha lead, B.
liche wunie up on eorðe. And iſ as in ſyon þe hehe tur of
hevene freo ouer alle fram alle worldliche weanen. Ah   [Fol. 113b.]
babilones folc þat ich ear nempnede þe deoueles here of   free, B.
helle. þat beoð fleſches luſtes ꞇ feondes egginge ; weorreð   eggunge, B.
ꞇ warpeð eauer toward tiſ tur for to kaſten hit adun ꞇ
drahen hire in to þeowdom þat ſtond ſe hehe þerin. ꞇ if
cleopet for þi ſyones dohter. And niſ ha witerliche akaſt
ꞇ in to þeowdom idrahen þat of ſe ſwiðe heh ſtal. of ſe   þe, B.
muche dignete. ꞇ ſwuch wurðſchipe aſ hit iſ to beo godes
ſpuſe. Jeſhu criſtes brude. þe lauerdes leofmon þat alle
kinges buheð. of al þe world lauedi aſ he iſ of al lauerd.   þinges, B.
  warlt, B.
Jlich him in halſchipe. vnwemmet aſ he is. ꞇ tat eadi
meiden his deorewurðe moder. Jlich his hali engles. þat
his heaſte halden. Se freo of hire ſelf. þat ha nawiht ne   ſeoluen, B.
þarf of oðer þing þenchen bute an of hire leofmon wið   ane, B.
treowe luue cwemen. for he wile carien for hire þat ha   carie, B.
haued itaken to of al þat hire biheoueð hwil ha riht luued
him wið foðe bileaue. Niſ ha þenne ſariliche as ich ſeide
ear akaſt. ꞇ in to þewdom idrahen þat fram ſe muchel   [Fol. 113c.]
hehſcipe ꞇ ſe ſeli freodom ſchal lihte ſe lahe in to a monneſ
þeowdom. ſwa þat ha naueð nawt freo of hire ſeluen. ꞇ
trukie for a mon of lam þe heuenliche lauerd. ꞇ lutlin hire

If she marries she loses her freedom and high dignity. lord for a man of clay, and lessen her ladyship, as much as her second husband is of less value and haþ less possessions þan her former one had; and instead of being Gods bride and his lady daughter (for boþ togeþer she is), shall become a servant under a man, and his þrall, to do all and suffer all þat he pleases, go it howsoever hard wiþ her; and instead of such blessed security as she was in, and still might be under Gods guardianship, he shall put her to drudgery to manage house and hinds, and to so many troubles, to care for so many þings, to endure vexations and anger and shame near every hour, to endure so many woes, for hire so poor as þe world ever pays at þe end. Is not þis to be verily cast down? Is not þis enough slavery in place of þe frolic freedom she had while she was Sions daughter? And yet herein is mingled no mention of þe heavenly losses, þat wiþout comparison pass all oþers. Surely so goes it. Serve God, and all þings

She must serve God alone. shall turn for þe to good. Betake þyself to him truly, and þou shalt be free from all worldly vexations, nor Romans viii. 28. may any evil harm þee; for, as St. Paul says, all þings turn to good for þe good, nor can anyþing be wanting to þee þat honourest him þat ruleþ all þings wiþin þy breast. And such sweetness shalt þou find in his love and in his service, and have so much enjoyment þereof and liking in þine heart, þat þou wilt be unwilling to change þe state þou livest in, to be a crowned queen. So gracious is our Lord, who is not willing þat his chosen ones be wiþout þeir reward here. For þere is so much comfort in his grace; þat all þat þey see, suits þem well; and þough to anoþer man it may seem þat þey suffer hardships, it grieveþ þem not, but seemeþ to þem soft, and þey have more delight þerein þan any oþers have in þe satisfactions of þe world. þis our Lord giveþ þem as an earnest of þe eternal reward þat shall come afterwards. þus Gods Joy in God. friends have all þe enjoyment of þis world, which þey have forsaken, in a wonderful manner, and heaven in þe end. Now then, on þe oþer side, betake þyself to þe world, and þou shalt find þat, in all cases, þe more þou hast, þe more þou shalt give in exchange; and, since þou wouldest not serve God, serve this fickle and frail world; and so þou shalt be oppressed under it, as its þrall in a þousand ways; Vexations in marriage. to have in place of one satisfaction two disgusts, and to be so often made wretched by a worþless man, þat þou liest

laſtliſchipe aſe muchel as hire latere were if laſſe wurð ꞇ
leſſe haueð þen haueðe ear hire earre. ꞇ of godes brude.
ꞇ his freo dohter. for ba to gederes ha if; bicumeð þeow
under mon ꞇ his þrel to don al ꞇ drehen þat him likeð. ne
ſitte hit hire ſe uuele. ꞇ of ſe ſeli ſikerneſſe af ha was in ꞇ
mahte beon under Godes warde. deð hire in to drecchunge
to dihten hus. ꞇ hinen ꞇ to ſe moni earmðen to carien for
ſe feole þing Teonen þolien ꞇ gromen. ꞇ ſchomen umbe
ſtunde. Drehen ſe moni wa for ſwa wac huire af te world   worlt, B.
forᴣelt eauer at ten ende. Niſ þeos witerliche akaſt? Nis
tis þeowdom inoh aᴣain þat ilke freolaic þat ha hefde hwil   [Fol. 113d.]
ha was ſyones dohter and tah niſ imunget her nawt of   þah, B.
heouenliche luren þat paſſeð alle oðre wiðuten eueninge.   euenunge, B.
Sekerliche ſpa hit fareð. Serue Godd ane. ꞇ alle þinge
ſchulen þe turnen to gode. And tac þe to him treoweliche.   schule, B.
  turne, B.
ꞇ tu ſchalt beo freo fram alle worldliche weanen ne mei
nan uuel harmen þe. for aſ ſente pawel ſeið. Alle þinge
turneð þe gode to god. ne mai na þing wonti þe þat hereſt
him þat al welt in wið in þi breoſte. And ſwuch ſwetneſſe
þu ſchalt ifinden in his luue ꞇ in his ſeruiſe. ꞇ habbe ſe
muche murhðe þrof ꞇ likinge iþin heorte. þat tu naldes   likunge, B.
chaungen þat tu liueſt in for to beo cwen icrunet. Se
hende if ure lauerd þat nule nawt þat hiſe igorene beon   nule he, B.
wiðute mede her. for ſe muche confort if in his grace. þat   muchel, B.
al ham ſit þat ha ſeoð. and tah hit þunche oðre men þat
ha drehen harde; hit ne greueð ham nawt ah þuncheð ham   [Fol. 114a.]
ſofte ꞇ habbeð mare delit þrin þen anie oðre habbeð   ei oðer, B.
ilikinge of þe worlde. þiſ ure lauerd ᴣiueð ham her aſ on   ilicunge, B.
erles of þe eche mede þat ſchal cume þrafter. þus hauen   habbeð, B.
godes freond al þe fruit of þis world þat ha forſaken
habbeð. owunderliche wiſe. And heuene at ten ende. Nu
þenne on oðer half. nim þe to þe worlde ꞇ eauer ſe þu   worlt, B.
mare haues ſe þe ſchal mare trukie. ꞇ ſeruen hwen þu   trukien, B.
naldes godd; þis fikele world ꞇ frakele. ꞇ ſchalt beo ſare
iderued under hire aſ hire þral on a puſad wiſen. Aᴣaines   þusent, B.
an likinge; habben twa ofþunchunges. And ſe ofte beon   -ungo, B.

under, for nought or noðing, þat þou shalt loaþe þy life, and repent þy condition, þat ever þou puttest þyself into such a servitude for a worldly joy which þou expectedst to secure, and (in reality) hast found þerein sorrow and misery rife. And þat which þou supposedst to be gold is turned to brass, and it is not at all such as þy people, of whom I spake above, promised thou shouldst find. Now þou seest þat þey have tricked þee as traitors; for under a shew of happiness, instead of joy þou hast often hell here, and except þou snatch þyself away, mayst expect þe future

Ask rich ladies of their manner of life. hell. Ask þese queens, þese rich countesses, þese saucy ladies, about þeir mode of life. Truly, truly, if þey rightly beðink þemselves and acknowledge the truð, I shall have þem for witnesses þat þey are licking honey off þorns. Þey buy all þe sweetness wið two proportions of bitter, and furþer on in þis writing þat shall be openly shewn. It is by no means all gold þat glitters in þat station, þough no man knows but þemselves what often pains þem. When it is þus wið þe rich, what ðinkest

Undowered maidens not easily married. þou of þe poor, þat are indifferently dowered and ill provided for, as almost all gentlewomen now are in þe world, þat have not wherewið to buy þemselves a bride-groom of þeir own rank, and give þemselves into servitude to a man of low esteem wið all þat þey have? Wellaway! Jesu! what unworþy chaffer! Well were it for þem, were þey on þe day of þeir bridal borne to be buried! Þere-

He insists on his text. fore, seely maiden, forget þy people, as David biddeð. Do away þe ðoughts þat prick þy heart ðrough carnal lusts, and teach þee and edge þee on toward a suchlike ser-vitude for fleshly filðinesses; forget also þy faðers house, as David afterwards admonishes. Þy faðer he calleð þe

Too gross and false for weak sisters. impure deed þat begat þee of þy moðer; idem illud carnis incendium; ardentem istum pruritum carnalis concupis-centiæ, qui opus istud odiosum præcessit, commercium istud ferinum, copulam istam impudicam, sordes istius

Ita episcopus noster, quasi Montanista hæ-riticus, nuptias sanctissimas vituperat. Scripture inter-polated. Mentiris, epis-cope. facti putidi atque pravi. It is however in wedlock some ways to be tolerated, as men shall by and bye hear. If þou askest why God created such a ðing to be, I answer þee: God created it never such; but Adam and Eve turned it to be such by þeir sin, and marred our nature; þat is, it is þe house of immorality, and has

 imaket arm of an eðeliche mon þat tu lift under. for noht   earm, B.
oðer nohtunge; þat te fchal laði þi lif 'τ bireowe þat fið
þat tu eauer didef te into fwuch þeowdom for worldliche   [Fol. 114b.]
wunne þat tu wendes to biȝeten. 'τ haueft ifunden weane   wendest, B.
þrin. 'τ wondraðe riue. And if þat tu wendeft gold;   wontreðe, B.
iwurðen to meaftling. 'τ nis nawt af ti folc of hwam ifþec   meaftlung, B.
þruppe bihet te to ifinden. Nu þu feft þat ha habbeð
itricchet te af treitres. for under weole in wunno ftude þu
haueft her ofte helle. 'τ bute þu wið breide þe; bredef te
þat oder. Afke þes cwenes. þes riche cuntaffes þes modie
lafdis of hare liflade. Soðliche foðliche ȝif ha biþencheð
ham riht 'τ cnawlecheð foð; Jch habbe ham to witneffe
ha lickeð huni of þornef. ha buggen al þat fwete wið twa
dale of bittre. 'τ tat fchal forðre iþis writ beon openliche
ifcheawet. Nis hit nower neh gold al þat ter fchineð. nat
tah na mon bute ham felf hwat ham fticheð ofte. Hwen   [Fol. 114c.]
þus if of þe riche. hwat wenef tu of the poure þat beoð   wenest, B.
wacliche iȝeouen and bifet uuele as gentille wimmen meft   wummon, B.
alle nu oworlde. þat nabbeð hwerwið buggen ham brud-
gume onont ham 'τ ȝeoueð ham in to þeowdom of an eðe-
licher mon wið al þat ha habbeð. Weilawei ieʃhu godd
hwuch unwurðe chaffere wel were ham weren ha on hare
brudlakes dei iboren to biburien. for þi feli meiden forȝet ti
folc as dauið bit. Do awei þe þohtes þat prikien þin heorte
þurh licomliche luftef. 'τ leareð þe and eggeð toward þulli   leadieð, B.
þeowdom for flefchliche fulðen. forȝet ec þi fader hus af
dauið read þrafter. Þi fader he cleopeð þat unþeaw þat
ftreonede þe of þi moder. þat ilke unhende flesches brune.
þat bearninde ȝecðe of þat licomliche luft. bifore þat wlate-   ȝeohðe, B.
fulle werc. þat beafteliche gederinge. þat fchomelefe fom-   [Fol. 114d.]
nunge. þat fulðe of fulðe ftinkende 'τ untohe dede. Hit
if tah in wedlac fummes weis to þolien af men fchal after   me, B.
iheren ȝif þu afkef hwi godd fchop fwuch þing to beon.   beonne, B.
Jch þe onfwerie. Godd ne fchop hit neauer fwuch. Ah
Adam 'τ eue turnden hit to beo fwuch þurh hare funne. 'τ
merden ure cunde. þat if tif unþeawes huf. 'τ haueð mare   tif B. omits.

þe more harm in it. Þere is all too much lordliness and mastery þerein, in þis nature þus marred, which David þus called þy faðers house, þat is, þe lust of lechery þat ruleð þerein. Forget, and go out of it wið a hearty will, and God will, after þat will, give þee a strengð assuredly from his dear grace. Þere needs not but þat þou will and let God work. Have trust in his help. þou shalt beseech him for noþing good, nor begin anyðing þat he will not end it. Ever await his grace, and overcome wið help of it þat same weak nature þat draweð into servitude and casteð so many into miry filð. Et concupiscet, etc. And þen will, saið David, þe king desire þy beauty; þe king of all kings will desire þee for his leman; and þen þou, seely maiden, þat art allotted to him wið þe grace of maidenhood, break not þou þat seal þat sealeð you togeðer. Retain þy name by which þou art wedded to him, nor ever quit for a lust and for a trumpery delight of a moment þat same ðing þat may never be recovered. Maidenhood is a treasure þat, if it be once lost, will never again be found. Maidenhood is þe bloom þat, if it be once foully plucked, never again sprouteð up; but þough it wiðer some time wið various ðoughts, it never may grow after þat. Maidenhood is þe star þat if it be once gone out of þe east adown to þe west, never again ariseð. Maidenhood is a grace granted þee from heaven; if ever þou put it away once, never shalt þou recover such anoðer, for maidenhood is queen of heaven and þe faið of þe world, by which we are protected. Tis a virtue above all virtues, and to Christ þe most acceptable of all. Whence þou hast, maiden, ever preciously to guard it; for it is so high a ðing and so very dear to God, and so acceptable. Hence it is a loss þat is beyond recovery. If it is dear to God, þat is, so like himself, no wonder: for he is þe loveliest ðing, and wiðout every breach, and was ever, and is, pure beyond all ðings, and loveð purity beyond all ðings. And what is a more lovesome ðing and more to be extolled among earðly ðings þan þe virtue of maidenhood? Wiðout breach and pure, taken from himself, who makeð out of an earðly

Gods grace to subdue lust.

A spiritual bridegroom.

Lost maidenhood irrecoverable.

It sometimes loses some of its beauty by evil thoughts;

but once lost is never found.

Some transcendental doctrine.

High flying notions.

harm if al to muchel lauerddom 7 meiſtrie þrinne þis cunde
imerred tuſ þat dŏ clepeŏ þus ti faderes hus. þat iſ te luſt
of lecoherie þat rixleŏ þer wiŏ inne. forʒet 7 ga ut þrof
wiŏ wil of þin heorte. 7 eodd wile after þe wil ʒeoue þe
ſtrengŏe ſikerliche of hiſ deore grace. ne þarf þe bute wilnen
7 lete eodd wurchen. Haue truſt on his help. ne ſchal tu
· na þing eodes biſechen ne bigunnen. þat he hit nule enden
eauer bide hiſ grace. 7 ouerkum wiŏ hire help þat ilke
wake cunde þat draheŏ into þeowdom 7 into fulŏe fen-
niliche akaſteŏ ſe monie. At concupiſcet rex decorem
tu[um]. Ant þenne wile ſeiŏ dŏ þe king wilni þi wlite.
Þe king of alle kingeſ deſire þe to leofmon. 7 þu þenne
ſeli meiden þat art ilote to him wiŏ meidenhades menske.
ne brec þu nawt tat ſeil þat ſeiled inc to eedereſ. hald ti
nome þurh hwam þu art to him iweddet. ne leaf þu neauer
for a luſt 7 for an eŏelich delit of an hond hwile þat ilke
þing þat ne mei neuer beon acouered. Meidenhad iſ treſor
þat beo hit eaneſ forloren. ne beŏ hit neauer ifunden.
Meidenhad is te bloſme. þat beo ha eanes fulliche forcoruen.
ne ſpruteŏ ha neauer eft. Ah þah ha falewi ſum chere
mid miſliche þohtes. Ha mei eft greuen neauer þe latere.
Meidenhad iſ te ſteorre þat beo ha eanes of þe eaſt igan
adun to þe weſt. neauer eft ne ariſeŏ ha. Meidenhad iſ
tat an ʒeoue iʒettet te of heouene. do þu hit eaneſ awei. ne
ſchal tu neauer nan oŏer al fwuch acoueren for meidenhad
iſ heuene cwen 7 worldes alefneſſe þurh hwan þe beon
iburhen. mihte ouer alle mihteſ 7 cwemeſt criſt of alle. for
þi þu a heſt meiden ſe deorewurdliche to witen hit. for hit
iſ ſe heh þing 7 ſe ſwiŏe leof godd 7 ſe licwurŏe. forþi
hit iſ an lure þat iſ wiŏute coueringe. ʒif hit iſ godd leof
þat iſ him ſelf ſwa ilich. hit nis na wunder for he iſ leof-
lukeſt þing. 7 wiŏuten eauer euch bruche 7 weſ eauer 7
iſ cleane ouer alle þing. 7 ouer alle þing luueŏ cleanneſſe.
And hwat is luffumre þing 7 mare to herien bimong eorŏ-
liche þinges þen þe mihte of meidenhad bute bruche and
cleane ibroiden on himſeluen. þat makeŏ of eorŏlich mon

muche, B.

luuien, B. for
bigunnen.
[Fol. 115a.]
bidde, B.
þe, B.

iloten, B.

þe, B.

[Fol. 115b.]
þonkes, B.

iþe, B.

alefendneſſe, B.

buten, B.
þinge, B.
[Fol. 115c.]
þing, B.

man or woman a heavenly angel, out of a lowly one an exalted one, out of a foe a friend, a help out of what harmeð. Our flesh is our foe, and debases and harmeð

Our flesh may be our friend. us as it defileð us. But if it keep itself wiðout offence, pure, it is our very good friend and help, out of true service; for in it and ðrough it þou earnest, maiden, to be equal to angels in þe high bliss of heaven, and in þe presence of God justified, in case þou leadest þeir life in

A maiden as good as an angel. þe frail flesh wiðout frailty. An angel and a maiden are equal in virtue of maidenhoods excellence, þough in blessedness þey are yet separate and divided. And þough þe maidenhood of þem be þe more blessed now, þine it demands þe more strengð to preserve, and it shall be requited wið a higher reward. þis virtue is þe only one

Purity the only heavenly virtue. þat in þis mortal life sheweð in its estate of þe bliss immortal in þe blessed land, where bride takeð not bridegroom, nor bridegroom bride, and which teacheð here on earð, in its mode of life, þe lifeleading of heaven; and in þis world, which is called a land of unlikeness, maintaineð her conduct in þe likeness of þe heavenly nature, þough she be an outlaw þerefrom, and in a frame of clay and in a body of a beast, almost lives as a heavenly angel. Is not þis virtue much to be extolled by all? þis is besides þe virtue þat holds our frail vessel, þat is our feeble flesh, as

Maidenhood is balm. St. Paul teaches, in entire holiness. And as þe sweet unguent and expensive beyond oðers, which is yclept balm, preserves þe dead carcass which is þerewið rubbed from rotting, so doð maidenhood a maidens living flesh, maintain wiðout stain all her limbs and her senses, her sight and hearing, her taste and smelling, and every limbs feeling; so þat þey spoil not, nor melt away þrough carnal lusts in þe filð of þe flesh. So þat God hað þrough his grace granted so much love, þat þey be not like þem of whom it is written by þe profet þat þey in þeir filð rotted like boars. þat is to say, every woman þat is her hus-

No scripture warrant to disparage wedlock. bands slave, and liveð in filð, he and she boð. But it is not said of þese þat þey rot þerein if þey lawfully hold to þeir wedlock. But þe same sorry wretches þat, unwedded,

It is libertines who do wrong. wallow in þe same foul mire, are þe devils boars, who rides þem and spurs þem to do all þat he will. þese wallow in mire, and rot away þerein, till þey arise þrough

ꞇ wummon. heouene engel. of heane. hine. of fa freond.
help. of þatte harmeð. Vre flesch if ure fa. ꞇ heaneð uf
ꞇ harmeð fe ofte af ha uf fuleð. Ah ȝif þat ha wit hire
wiðute bruche cleane. ha if uf fwiðe god freond ꞇ help of
treowe hure. for in hire ꞇ þurh hire þu of earneft meiden
to beo engle euening iþe heȝe blifse of heuene. ꞇ wið God   on epgle, B.
rihte hwen þu hare liflade iþi bruchele flesch wiðute bruche   bute, B.
leadeft. engel ꞇ meiden beon euening in uertu of meiden-   iuertu i, B.
hades mihte þah eadinefse ha twinni ȝette ꞇ to tweane.
And tah hare meidenhad beo eadiure nuðe. þin if te mare
ftrengðe to halden. ꞇ fchal wið mare mede beon þe for-   deadliche, B.
ȝulden. Þis mihte if þat an þat iþis deadlich lif fcheapeð   [Fol. 115d.]
in hire eftat of þe blifse undeadlich iþat eadi lond af brud   brude, B.
ne nimeð gume. ne brudgume bruide. ꞇ techeð her on
eorðe in hire liflade þe liflade of heuene. ꞇ iþis world þat
if icleopet lond of unlicnefse athalt hire burðe ilicnefse of
heuenliche cunde þah ha beo utlahe þrof ꞇ in licome of   heouenlich, B. / ilicome, B.
lam ꞇ in beaftes bodi neh liueð heuenlich engel. Nif tif
mihte of alle fwiðe to herien. Þis if ȝet þe uertu þat halt
ure bruchele feat þat if ure feble flefch as fente pawel
leareð in hal halinefse. And af tat fwote fmirles ꞇ deoreft
of oðre þat if icleopet bafme. wit þat deade licome þat if
ter wið ifmittet from rotunge. alfwa deð meidenhad   ismiret, B.
meidenef cwike flefch wiðute wemmunge halt alle hire
limen ꞇ hire fif wittes. fihðe ꞇ heringe. fmecchunge ꞇ fmeal-
lunge ꞇ euch limes felunge. þat ha ne merren ne formeal   fleschliche, B.
ten þurh licomliche luftes i flefches fulðe þat godd haueð   [Fol. 116a.]
þurh hif grace fe muche luue vnned þat ha ne beoð of þa   iunnen, B.
iliche bi hwam hit if iwriten þus þurh þe prophete þat ha
in hare wurðunge as eaueres forroteden. þat if eauer euch
wif þat if hire were þral ꞇ liueð iwurðinge he ꞇ hoe
baðe. Ah nif hit nawt bi þeose iseid þat ha forrotieð
þrin ȝif ha hare wedlac laheliche halden. Ah þa ilke fari   haldeð, B.
wrecches þat iþat ilke fule wurðinge unweddede walewið.   þe iþe, B.
beoð þe deueles eaueres þat rit ham ꞇ fpureð ham to don
al þat he wile. þeos walewið in wurðinge ꞇ forroteð þrin   forrotieð, B.

repentance, and heal þemselves by a true shrift and by amends made. Blessed maiden! understand in how high dignity þe virtue of maidenhood holds þee. But þe higher **The devil would cast maidens from their high state.** þou standest, þe more sorely be afraid to fall from so high a degree, as þe fall is so much þe worse. Þe spiteful devil has his eyes on þee, so high mounted up towards heaven þrough maidenhoods power, which to him is þe most odious of virtues; for ðrough our Ladys maidenhood, who began **Mary the virgin.** it first, þe maiden Mary, he lost þe dominion over mankind on earð, and þus also hell was robbed of its prey, and heaven will be filled. She sees þee follow her steps; maiden, do as she did, who offered her maidenhood first to our Lord, when he chose her among all women to be his moþer, and by her maidenhood redeem all mankind. Now þe old fiend beholdeð þee, and seeð þee stand in þis virtue so high, like to her, and her Son too, as an angel in heaven **The devil beholds thee with rage.** in maidenhoods grace; and he swelleð wið rage, and shooteð night and day his arrows, dipt in a venomous unguent, toward þy heart, to wound þee wið weakness of will, and make þee to fall, as Christ forbad þee to do. And ever as þou standest stronglier against him, so out of vexation and rage he þe madlier warred; for þe more odious it seems to him to be overcome: þat a ðing so feeble as flesh **Does not like to be defeated by a woman.** is, and especially þat of women, shall overpass him. Every will of þe flesh, and every lust of lechery þat ariseð in þy heart is þe fiends arrow. But it woundeð not except it fasten on þee, and remain so long þat þou wish þat þy will were carried into execution. While þy intellect stands firm, and chastiseð þy will, so þat þy lust bear þee not to what would be agreeable to þee, it harmeð þee not, nor soileð þy soul, for intellect is her shield, under Gods grace. While þe shield is hole, þat is, þe wisdom of þy wit, so þat it break not nor bend, þough þy fleshly will be under it false; and do as it please, þe fiends arrows fly away again upon himself. And observe for what reason: **Reason Gods messenger.** our bodys lust is þe fiends fosterchild; our intellect is Gods daughter, and boð are wiðin us; hence, þere is a conflict, and needs must be always, for þey cease never more, while here wed well, to war one wið oðer. But 'tis well wið him, who followeð wit, God's daughter, for

a þat ha arifen þurh birewfunge ꞇ healen ham wið foð
fchrift ꞇ wið deadbote. Eadi meiden underftond iꞙ hu
heh dignete þe mihte of meidenhad halt te. Ah fe þu
herre ftondeft. beo farre offearet to fallen for fe herre degre.
fe þe fal is wurfe. þe ondfule deuel bihalt te fe hehe   [Fol. 116b.]
iftihen toward heuene þurh meidenhades mihte þat him if istihe, B.
mihte ladeft for þurh ure lafdi meidenhad þat hit bigon þe, B.
earft þe meiden marie. he forleas te lauerddom on moncun
on eorðe. ꞇ wef helle irobbed ꞇ heuene beð ifulled. He
feð þe folhen hire treoden. meiden ean af heo dude þat þe, B.
offrede hire meidenhad earft to ure lauerd for hwen þat he
rheas hire blmong alle wimmen for to beon his moder. ꞇ
þurh hire meidenhad moncun alefen. nu bihalt te alde
feond ꞇ feoð þe in þif mihte ftonden fe hehe ilich hire. ꞇ
hire fune af engel in heuene in meidenhades menfke. ꞇ to
fwolleð of grome. ꞇ fchoteð niht ꞇ dai hife earewen his, B.
idrencte of an attri haliwei toward tin heorte to wundi þe
wið wac wil ꞇ makien to fallen af crift te forbede. And [Fol. 116c.]
eauer fe þu ftrongluker ftondeft aȝain him. fe he o tene ꞇ
ogrome wodeluker weorreð. for fwa muchel þe hokerlucher muche, B.
him þuncheð to beon ouercumen þat þing fe feble as flefch
if. ꞇ nomeliche of wummon; fchal him ouerftiken. Euch
flefchef wil ꞇ luft of leccherie þat arifeð iþin herte; if þe fleschlich, B.
feondes flan. Ah hit ne wundeð þe nawt bute hit feftni fla, B.
oþe. ꞇ leaue fe longe þat tu waldeft þat ti wil were ibroht
to werke. Hwil þi wit atftond ꞇ chaifteð þi wil. þat ti edstent, B.
luft ne beore þe to þat te lef were; ne harmeð hit te
nawiht. ne fuleð þi fawle for wit if hire fcheld under
godef grace. Hwil· þe fcheld if hal þat is te wifdom of þi
wit. þat hit ne breke ne beie. þah þi flefchliche wil falf beð
þer under ꞇ walde as hire lufte; þe feondef flan fleoð awei þes, B.
aȝain on him feluen. And loke hwarfore. vre licomes luft [Fol. 116d.]
if te feondes fofter. vre wit if godes dohter ꞇ baðe beoð þes, B.
uf inwið. for þi þer if a feht. ꞇ mot beon af nede for ne
trukeð neauer mare hwil we here wunieð weorre ham
bitwenen. Ah wel if him þat folheð wit godef dohter. for

she holds wiþ maidenhood þat is her sister. But on þe
Lechery against
reason. oþer side, þy will, out of carnal lust, holdeþ wiþ lechery,
which is þe devils offspring, as she is, as sin is her moþer.
Lechery makes war on maidenhood wiþ þe help of þe
fleshly will, and warreþ in þis wise. Her first support is
The lechery of
the eyes. sight; if þou gazest often intently upon any man, lechery
anon prepares herself to make war on þy virginity, and
Of conversation. first peers upon it face to face. Speech is her second help.
If afterwards ye talk togeþer in an idle way, and speak of
unprofitable matters, lechery saiþ, "Shew me þe grace of þy
maidenhood," and draws it towards mischief, and þreatens
to do it shame and harm afterwards. And she keeps her
Of kisses. promise, for soon þe kiss comeþ, þat is her þird support;
þen lechery, to shame and to disgrace, spits in maiden-
hoods face. þe fourþ support towards ruining maiden-
Of romping. hood is improper handling. Guard her, þen. For if ye þen
put hands in any place improperly, þen lechery smiteþ on
Then is virginity
lost. þe virtue of maidenhood, and woundeþ it sore: at last it
giveþ þat dreary deed, þat dint of deaþ. Wellaway! for
þat rueful work. Never doþ maidenhood come alive again
after þat wound. Whosoever þat should þen see how þe
The angels dis-
turbed, the devils
dance. angels are fluttered, who see þeir sister so sorrowfully
fallen, and how þe devils hop and laugh aloud, and beat
þeir hands togeþer, stony were his heart if it melted not
in tears. Ware þee, seely maiden. It is said þat oppor-
tunity makes þe þief. Flee from and carefully avoid all
þings of which þis irremediable loss may arise; þat is, first
Avoid opportu-
nity. of all, þe place and þe time, þat might induce þee to do
amiss. Against oþer immoralities men may fight standing.
But against lechery, þou must turn þe back, if þou wilt
Flee. overcome, and fight by retreating. And in truþ if þou
þinkest and lookest up towards þe great reward þat
awaiteþ maidenhood, þou wilt pass lightly by, and bliþely
endure þe damage þat þou sufferest as regards þy fleshly
will, and carnal lust, which þou restrainest here, and in a
while wilt leave, for bliss þat comeþ þerefrom, wiþout any
ending. And what is þe bliss? Lo, God himself saiþ þrough
þe profet, "þey þat have cast off from þem þe lusts of þe
flesh and keep my sabbaþ," þat is to say, keep þem resting

ha halt wið meidenhad þat if hire fufter. Ah þi wil on
oðer half of þat licomliche luft halt wið leccherie. þat if
þe deouelef ftreon af heo if. ꝼ funne hire moder. Leccherie
o meidenhad wið help of fleschliche wil; weorreð o þif
wife. Hire forme fulft if fihðe. ȝif þu bihaldef ofte ftike- *stikelunge, B.*
linde on eni mon; leccherie ananriht greiðeð hire wið þat
to weorren oþi meidenhad. ꝼ fecheð earft upon hire nebbe
to nebbe. Speche if hire oðer help. ȝif ȝe þrafter þenne
fpeken tocedere folliche. ꝼ talkeð of unnet. leccherie feið
fcho me þe menfke of þi meidenhad. ꝼ tukeð hire al to *[Fol. 117a.]*
wundre ꝼ þreat to don hire fchome. ꝼ harmen þrafter. ꝼ
hald hire foreward. for fone fe cos cumeð forð þat if hire
þridde fulft; þenne fpit leccherie to fchome ꝼ to bifmere
meidenhad oþe nebbe. þe feorðe fulft to merre meidenhad
þat if unhende felunge. wite hire þenne. for ȝif ȝe þenne
hondlen ow in ani ftude untoheliche. þenne fmit leccherie *hondlið, B.*
oþe mihte of meidenhad ꝼ wundeð hire fare. þat dreori
dede on ende ȝiueð þat deaðes dunt. Weila þat reowðe.
ne acwikeð neauer meidenhad after þat wunde. Hwa þat *Wei þe, B.*
fehe þenne hu þe engles beoð ifweamed þat feoð hare *þe, B.*
fufter fwa forhfulliche afallet. And te deoueles hoppen ꝼ
kenchinde beaten hondes to cederes; ftani were his heorte
ȝif ha ne mealte iteares. Wite þe feli meiden. Man feið *[Fol. 117b.]*
þat eife makeð þeof. fleh alle thingef ꝼ forbuh ȝeorne þat *Me, B.*
tus unboteliche lure of mahe arifen. þat if on alre earft þe
ftude ꝼ te time þat mahten bringe þe on mif for to donne.
Wið oðre unþeawef men mai ftondinde fehten. Ah aȝain
leccherie þu moft turne þe rug ȝif þu wult ouercumen ꝼ
wið fluht fehten. And foðef ȝif þu þonchef ꝼ bihaldeft on *þenchest, B.*
heh to ward te muchele mede þat meidenhad abideð; þu
wult lete lehtliche. ꝼ abeore bliðeliche þe derf þat tu
dreheft onont ti flefchliche wil ꝼ ti licomef luft þat tu
forberef her. ꝼ ane hwile leaueft for bliffe þat cumeð þrof
wiðuten ani ende. And hwuch is te bliffe; low godd *þe, B.*
himfelf feið þurh þe prophete. þeo þat habbið fram ham *þe, B.*
icoruen flefchef luftes ꝼ haldeð mine fabaz þat if halden *forcoruen, B.*

2

from fleshly work and hold to my covenant, "I promise þem," he saið, "to give þem in my kingdom a place and a name better þan of sons and of daughters." Who could wish for more? Who can þink of þe weal, þe joy and þe bliss, þe exalted nature of þe reward, which þese same few words comprehend? "I will," he saið, "give þem a place and a name better þan of sons and of daughters." Such is his promise, and it is as þough it were promised þem to sing wið angels, whose fellows þey are, by þeir heavenly mode of life, þough as yet here þey dwell in þe flesh on earð. To sing þat sweet song and þat heavenly music, especially merry, which no saints may sing, but maidens only, in heaven: and to follow God Almighty, full of every good, whiðersoever he turneð, as þe oðers must not, þough þey all be his sons and his daughters. Nor do any of þe oðers wear crowns, nor can þeir beauty, nor can þeir vestments compare to þeirs, þe maidens, so immeasurably bright þey be, and sheen to look on. And what shall be þeir song, þeirs alone, and þeir progress after God, whiðersoever he turneð? and þeir condition so fair beyond all oðers? Understand and take heed. All þeir song in heaven is to þank God for his grace and goodness. Þe wedded þank him þat when þey would have fallen at once utterly downwards, þey fell not utterly (so) down, for wedlock preserved þem, þat same law which God hað established for þe unstrong. For well our Lord knew þat all could not maintain þemselves in þe height of þe grace of maidenhood: but he said when he spake þereof, "Not all," quoð he, "receive þis word. Whosover can receive it, let him receive it, I counsel him," quoð he. What God commands is one þing, what he counsels is anoðer. What þings he commands þem a man must needs keep, if he will be saved, and þey are common alike to all men alive: his counsels are of high matters, and are to his dearest friends, which are vile in þis world and hard to fulfil, þough light to all who have a due love towards him and a true faið. But whosoever keepeð þese counsels, earneð a measure of heavenly reward filled overfull and running over. Such is þe counsel

Margin notes:

Isaiah lvi. 5.

Dwells on the text, interpreting it of the after life.

Turns it to maidens.

Rev. xiv. 9.

An insight into heaven.

What song in heaven treats of.

Matt. xix. 12.

Distinction between duties of obligation and that which is more expedient.

ham irefte from þat flefchliche werc. ꞇ halden me foreward;   [Fol. 117c.]
Jch behate ham he feiȝ imi kineriche to ȝiuen ham ftude   haldeȝ, B.
ꞇ betere nome þen funen ꞇ dohtren.   Hwa mihte wilni
mare; Eunuchus qui feruauerit fabbata mea &c.   Hwa mei
þence þe weole. þe winne ꞇ te bliffe þe hehfcipe of þe
mede þat tif ilke lut wordef bicluppen abuten Jchulle he   becluppeȝ, B.
feiȝ ȝeouen ham ftude ꞇ nome betere þen funen ꞇ dohtren.
Þulli biheafte ꞇ hit if ilich þat þat ham if bihaten to
fingen wiȝ englef hwaf felahef ha beoȝ þurh liflade of
heuene. þat ȝet þer he wuneȝ flefchliche on eorȝe to finge   þe, B.
þat fwote fong ꞇ þat englene dream ut nume murie þat
nane halwes ne mahen bute meidenef ane fingen in heuene.   nan habbe ne
  mei, B.
ꞇ folhen godd almihti euch godes ful hwider fe he eauer
wendeȝ af þe oȝre ne mahen nawt þah ha beon alle hife   his, B.
funnen ꞇ alle hife dehtren.   Ne nan of þe oȝref crunen ne
hare wlite. ne hare weden ne mahen euenen to hare fe unimete   [Fol. 117d.]
brihte ha beoȝ ꞇ fchene to bifeon on.   And hwat biȝ hare
anef fong. ꞇ after godd hare anef gong. hwider fe he eauer   ȝong, B.
turneȝ? and hare fare fo feire beforen alle oȝre? Vnder-
ftond ꞇ nim ȝeme.   Al hare fong in heuene if for to þonki   herien, B.
  þonkiȝ, B.
godd of hif grace ꞇ of hif goddede.   Þe iweddede þonken
him þat ha lanhure hwen ha alles walden fallen duneward;
ne fellen nawt wiȝ alle adun for wedlac ham ikepte þat   þe, B.
ilke lahe þat godd haueȝ iftald for þe unftronge. for wel   þe, B.
wifte ure lauerd þat alle ne mihten nawt halden iþe hehe
of meidenhadef mihte. ah feide þa he fpec þrof Non omnef
capiunt hoc uerbum Ne underneomeȝ nawt quoȝ he þif   underuoȝ, B.
ilke word alle. Qui poteft capere capiat. Hwafe hit me
underneomen; underneome ich reade qȝ he.   Oȝer if þat
godd hat; ꞇ oȝer if tat he reades. Þa ilke þinges þat he   reat, B.
hat; þeo mot mon nede halden þat wile beon iburhen. ꞇ   [Fol. 118a.]
þeo beon to alle men oliue iliche meane. hif readef beoȝ of   imeane, B.
hah þing. ꞇ to hife leoueft friend þe lut iþis worlde. ꞇ
derue beoȝ to fullen ꞇ lihte þah hwafe haueȝ riht lune to
him ꞇ treowe bileaue.   Ah hwafe halt þa; he earneȝ him
ouerfullet ful ꞇ ouereorninde met of heuenliche mede.

Maidenhood not a command, but a recommendation. of maidenhood, which God commandeþ not, but counsels. Whosoever will be one of þe troop of his dearest friends, and as it were his darling, let him do his counsel and earn himself crown upon crown. So Saint Paul giveþ counsel 1 Cor. vii. 26. to maidens to be as he was, and saiþ þat it is well for þem who so can keep þemselves : nor does he order it any oþerwise. For always as aught is more precious, it is harder to preserve. And if it were commanded and yet not observed, þe breach would be deadly sin. Hence was wedWedlock lawful for the weak.lock legalised in holy church as a bed for þe sick, to sustain þe unstrong, so þat noþing can stand in þe high hill so Wedlock less spiritual than maidenhood. near to heaven as þe virtue of maidenhood. Þis, þen, is þe song of þem who are in þe law of wedlock, to þank God and glorify him, for þat he at once prepared þem, when þey fell short of maidenhoods elevation, to alight in such a place þat þey were not hurt, þough þey were brought lower, and þat whatsoever in þat got hurt þey should heal wiþ almsdeeds. Þis, þen, þe wedded sing, þat þrough Gods Song of praise by the wedded. goodness and mercy of his grace, þough þey have driven downwards, þey halt in wedlock and softly alight in þe bed of its law, for whosoever falleþ out of the grace of maidenhood so þat þe curtained bed of wedlock hold þem not, drive down to þe earþ so terribly þat þey are dashed limb from Fornicators, limb : boþ joint and muscle. Þese shall never sing a song in heaven, but shall sing þe song of þe lamenter evermore in hell, except repentance raise þem to life, and þey heal þemselves wiþ true shrift and repentance, for if þey are in þe circle of þe widowed, and must in þe circle of þe widowed Song of the widowed. sing before þe wedded in heaven, þis þen is þeir song to glorify þeir lord, and þank him heartily þat his power kept þem chaste in purity, þat þey had tried þe filþ of þe flesh, and þat he had granted þem in þis world to amend þeir sins. Sweet are þese songs. But þe maidens Song of the maidens. song is altogeþer unlike þese, being common to þem wiþ angels. Music beyond all music in heaven. In þeir circle is God himself ; and his dear moþer, þe precious maiden, is hidden in þat blessed company of gleaming maidens : nor may any but þey dance and sing, for þat is ever þeir song, to þank God and glorify him þat he gave þem so much grace from himself, þat for him þey renounced every earþly

Swuch iſ meidenhadeſ read þat godd ne hat nawt; ah
read.. Hwuch ſe wile beon of þe lut of hiſ leoueſte freond
'τ aſ hiſ deore derliᵹg; don hiſ read 'τ earnin him crune
upo crune. Alſwa ſente pawel ᵹiueð read to meidenes. to
beon as he was. 'τ seið þat wel iſ ham þat ſwa ham mahen
halden. ne hat he hit nan oðreſ weis. for eauer ſe deore
þing. ſe iſ derure to biwitene. And ᵹif hit were ihaten 'τ
nawt ta ihalden; þe bruche were deadliche ſunne. for þi was
wedlac ilahet in hali chirche aſ bed to ſeke. to ihente þe
unſtronge. þat ne mahten nawt ſtonden in þe hehe hul 'τ ſe
neh heuene aſ meidenhades mihte. þiſ iſ tenne hare ſong
þat beon ilahe of wedlac. þonki godd 'τ herien þat he
greiðede ham lanhure þa ha walden of meideneſ hehſcipe.
a ſwuch ſtude in to lihten þat ha neren nawt ihurt þah ha
weren ilahet. And hwat ſe ha þrin hurten ham; wið
ealmes deden healden. Þis ſingeð þenne iweddede. þat ha
þurh godes milce 'τ merci of his grace þa ha driuen dune-
ward; i wedlac at ſtutten. 'τ in þe bed of his lahe ſofteliche
lihten. for hwaſe ſwa falleð of meidenhedeſ menſke þat
wedlakeſ heueld bed nawt ham ne ihente; ſe ferliche ha
driuen dun to þe eorðe þat al ham iſ tolimet lið ba 'τ lire.
þeos ne ſchulen neauer ſong fingen in heuene ah ſchulen
weimeres leod ai mare in helle. bute ᵹif bireowſinge areare
ham to liue. 'τ heale ham wið foð ſchrift 'τ wið deadbote.
for ᵹif ha beoð iwidewene ring. 'τ ſchulen iwidewene ring
bifore þe iweddede ſingen in heuene þat iſ tenne hare ſong
.tp herien hare drihtin 'τ þonken him ᵹeorne þat hiſ mihte
ᵒham icleanſchipe chaſte after þatha hefden ifondet fleſcheſ
fulðe. 'τ ᵹettede ham iwiſ world to bete hare ſunnen. Swote
beoð þeos ſongeſ. Ah al iſ meideneſ ſong unlich þeoſe wið
engleſ imeane. dream ouer al þe dreameſ in heuene. Jn
heore ring þer iſ godd ſelf 'τ hiſ deore moder þe deore-
wurðe meiden þe heuenliche cwen leat i þat eadi trume of
ſchimerinde meideneſ. ne moten nane bute heo hoppen ne
fingen. for þat iſ ai hare ſong þonken godd 'τ herien þat he
on ham ſe muche grace ᵹef of him ſeluen þat ha forſoken

þe meideneſ
beoð, B.

oþer, B.

[Fol. 118b.]

þene mahen, B.
þenne, B.

heuel, B.

[Fol. 118c.]

acwiket & ima-
ket hale: ha
beoð, B. adds.

beten, B.

buten, B.

á á, B., and so
below.

man and kept þemselves clean ever from carnal defilements
in body and in breast: and instead of a man of clay took
þe lord of life, þe king of þe high bliss, whence he sheweð
þem grace before all oðers, as þe bridegroom doð his wedded
spouse. Þis song none but þey may sing. All, as I before

Maidens follow
Christ in heaven.
Rev. xiv. 4.
said, follow our Lord, and yet none entirely so: for in þe
grace of maidenhood and in its virtue, none may follow
him, nor þe blessed maiden, þe lady of angels, and grace of
maidens, but maidens only. And hence is þeir attire so
bright and sheen beyond all oðers, þat þey always go next
to God whiðersoever he turneð. And þey all are crowned
and rewarded in heaven wið champions crowns. But
maidens have beyond þat which is common to all alike, a

Maidens auriole.
diadem shining sheener þan þe sun. Aureola it is called
in þe Latin language. It is not for human speech to tell
of þe like of þe flowers þat are drawn þereon, nor of þe gem-
stones þerein. So many privileges shew full plainly who
are þe maidens, and separate þem from the oðers wið so
many graces, world wiðout end. Of þese þree sorts,
maidenhood and widowhood, and þirdly, wedlockhood, þou
mayst know by þe degrees of þeir bliss, which and by how
much it surpasses þe oðers. For wedlock has its fruit

Maidenhood re-
warded a hun-
dredfold.
þirtyfold in heaven, widowhood sixtyfold; maidenhood wið
a hundredfold overpasses boð. Consider, þen, hereby, who-
soever from her maidenhood descendeð into wedlock, by
how many degrees she falleð downward. She is a hun-
dred degrees elevated towards heaven, while she holds to
maidenhood, as þe reward proveð, and she leapeð into

Wedlock lower in
grace.
wedlock þat is downward to þe þirtieð over þree twenties
and yet more by ten $(60+10=70)$. Is not þat a big leap
downward at one turn? And yet it must be endured. And
God hað made it low, as I before said, lest any one should
leap: and þen at once be not what belongs to him, and
should dive down headlong, wiðout regard, deep into hell.
Of such as þese we are not to speak, for þey be scratched
out of þe book of life in heaven. But observe more ex-

Sorrows of wed-
lock.
actly, as we before bad, what þe wedded suffer, þat þou
mayst know þereby how merry þou mayst live, a maiden

for him euch eorðlich mon ꞇ helden ham cleane ai fra   [Fol. 118d.]
flefchliche fulðen ibodi ꞇ ibreofte. ꞇ i ftude of mon of lam ;
token liues lauerd þe king of þe hehe bliffe. for hwi he
menfkeð ham fe muchel biforen alle þe oðre. as te brud-
gume deð hif weddede fpuse. þif fong ne mahen nane bute
heo fingen. Alle af ich feide ear folhen ure lauerd. ꞇ tah   buten, B.
                                                   folhið, B.
nawt ouer al. for iþe menfke of meiden had ꞇ in hire mihte
ne mahe nane folhen him. ne þat eadi meiden englene lafdi
ꞇ meidenef menfke. bute meidenef menfke,[1] bute meidenef   [1] So in MS.
ane. And for þi if hare aturn fe briht ꞇ fe fchene biforen
alle oðre þat ha ɢað eauer neft godd hwiderfe he turneð.
And alle ha beoð icruned þat bliffed in heuene wið kem-
pene crune. Ah þe meidenef habben upo þat. þat if to   þeo þe, B.
alle iliche imeane a gerlaundefche fchinende fchenre þen þe
funne. Auriole ihaten olatinef ledene. þe flurf þat beoð
idrahe þron. ne þe ʒimftanes þrin to tellen of hare euene ne   [Fol. 119a.]
if na monnef fpeche. þus feole priuilegef fcheaweð ful   nis, B.
futelliche hwucche beon þe meidnef ꞇ fundreð ham fram
þe oðre wið þus feole menfken world buten ende. Of þeos
þre had meidenhad ꞇ widewehad ꞇ te þridde wedlached
þu maht bi þe degrez of hare bliffe icnawen hwuch ꞇ bi
hu muchel þe an paffed þe oðre. for wedlac haueð hire
frut þrittifald in heuene. widewehad ; fixti fald. Maiden-
had wið hundred fald ouer ɢeað baðe. loke þenne her bi
hwa fe of hire maidenhad lihteð in to wedlac ; bi hu moni
degrez ha falleð duneward. Ha is an hundred degrez
ihehet toward heuene hwil ha meidenhad halt af þat frut
preoueð ꞇ leapeð in to wedlac þat if duneward to þe   dun neoðer, B.
þrittuðe ouer þrie twenti ꞇ ʒet ma bi tene. nif þat at an
chere a muche lupe duneward. ꞇ tah hit if to þolien. And   [Fol. 119b.]
godd haueð ilahed hit as ich ear feide. lefte hwa fe leope.
ꞇ tenne lahure nawt nere hwat kep to him ꞇ driue adun
fwireforð wiðuten ikepunge deope in to helle. Of þeos
nis nawt to fpeken for ha beoð ifcrepte ut of liues writ in
heuene. ¶ Ah fcheawe witerluker as þe ear biheten hwat
drehen þe iweddede þat tu icnawe þerbi hu murie þu maht

in þy maidenhood, beyond what þey live, in addition to þe mirð and grace in heaven which mouð cannot name. Now þou art wedded and from so high estate alighted so low: from being in likeness of angels, from being Jesus Christs leman, from being a lady in heaven (fallen) into þe filð of þe flesh, into þe manner of life of a beast [Bona verba, katafryx], into þe ðralldom of a man, and into þe sorrows of þe world. Yea now! what fruit has it and for what purpose chiefly is it? All for þat, or partly for þat. Be now well assured, to cool þy lust wið filð of þi body, to have delight of þy fleshly will from mans intercourse, before God it is a nauseous þing to ðink þereon, and to speak þereof is yet more nauseous. Consider, þen, of what sort is þat same þing and þat deed to be done. All þat foul delight is in filð ended, (in a moment,) as þou turnest þine hand. But þat loaðsome beast remains and lasts on; and þe disgust at it long after. If it be illegitimate it haunteð (þe doers) in an inward hell; for þat temporary pleasure] ere is an endless pain except þey abandon it and bitterly atone for it on earð under direction of þeir confessor, unless þey scorn to do what þey ðink wrong and ill to hear of. For when it is such, and by far more loaðsome þan any well-conditioned mouð for shame may tell of, what makeð it loved among beastly men, except þeir great immorality which beareð þem as beasts to all þat pleases þem, as þough þey had not in þem any wit nor power of distinguishing þe two, good and evil, as a man hað, nor what is comely and uncomely, any more þan beasts have, wið þeir dumb mouðs. Yea, even less þan beasts, for þese do þeir natural bidding wiðout wit, þough þey be restrained to one time of þe year. Many of þem keep to one mate, and after loss of þat will take to no oþer. And man þat should have wit and do all þat he doð according to its direction, followeð þat filð at every time: and takes one after anoþer, and what is worse, many togeðer. See how þis immorality brings þee to þe level, not only of witless beasts dumb and brokenbacked (*prone*), bent towards þe earð; þee þat art in intellect created in þe image of God, and erected boð body and head towards heaven; because þou shouldest raise þy heart towards þat place where þine heritage is;— take notice how þis immorality makeð þee not only an

Its thralldom.

Why submit?

Delight of carnality momentary.

If unlawful, punished in hell.

Compares men and women to beasts.

Carnality degrades.

liuen meideꝰ iþi meidenhad ouer þat heo libben. teke þe   libben, B.
murhꝩe ⁊ te menſke iꝰ heuene. þat muꝩ ne mai nummneꝰ
Nu þu art iwedded. ⁊ of ſe heh ſe lahe iliht. of englene
ilicneſſe. of ih'u criſteſ leofmoꝰ. of leafdi in heuene ; iꝰ to
fleſcheſ fulꝩe. iꝰ to beaſteſ liflade. iꝰ to moꝰneſ þeowdom
⁊ in to worldes weane. ꝫei nu hwat frut ⁊ for hwuch þing
meaſt hit is. al for þi. oꝩer ane deale þer fore. beo nu ſoꝩ
cnaweſ. for to kele þi luſt wiꝩ fulꝩe of þi licome. for to   [Fol. 119c.]
habbe delit of þi fleſchliche wil of moꝰneſ imeane. for gode
hit iſ wlateful þing for te þenke þron ⁊ for to ſpeke þerof ; ꝫet
wlatefulre. loke þenne hw[u]ch beo þat ſelue þing. ⁊ þat dede
to donne. Al þat fule delit iſ wiꝩ fulꝩe aleid aſ tu turneſt
þin hond. Ah þat laꝩliche beaſt leaueꝩ ⁊ laſt forꝩ. And te
ofþunchinge þrof longe þer after. Aut te unseli horlinges   T. has here an
unlaheliche hit haunteꝩ in inwarde helle for þat hwilende   erasure.
luſt endeleſ pine bute ꝫif ha hit leaueꝰ ⁊ hit on eorꝩe
under ſchrift bitterliche beten. forhohe for to don hit þat te
þuncheꝩ uuel of ⁊ eil for ta heren. for hwen hit iſ þullich
⁊ muche dale laꝩluker þen eni welitohe muꝩ for ſchome
mahe ſeggen. hwat makeꝩ hit iluued bituhhe beaſtliche
men bute hare muchele unþeaw þat bereꝩ aſ beaſteſ to al
þat ham luſteꝩ as tah ha nefden wit in ham ne tweire   [Fol. 119d.]
ſchead as mon haueꝩ ba of god ⁊ of uuel. of cumelich ⁊ of
uncumelich na mare þen beaſtes þat dumbe neb habbeꝩ.
Ah leaſſe þen beaſtes ꝫet. for þeos doꝩ hare cunde wiꝩute   bute, B.
wit þah ha beoꝰ iꝰ a time of þe ꝫer. Moni halt hiꝰ til an
make. ne nule after þat lure neauer nimen oꝩer. And mon   don, B.
þat ſchulde haue wit ⁊ do al þat he dude after hire wiſſinge.   wilnunge, B.
folheꝩ þat fulꝩe in eauer euch time. ⁊ nimeꝩ an after an.
⁊ monie þat iſ wurſe ; monie to cedereſ. loke hu þiſ un-
þeaw ne eueneꝩ þe nawt ane to witleſe beaſtes dumbe ⁊
broke rugget ibuhe toward te eorꝩe. þe þat art iwit iwraht
to godeſ ilicneſſe. ⁊ iriht ba bodi up ⁊ heaued toward
heuene. for þi þat tu ſchuldeſt þin herte heouen þiderward
as tin heritage iſ. ⁊ eorꝩe forhohien. Nim ꝫeme hu þiſ   þin, B.
unþeaw ne makeꝩ þe nawt ane euening ne ilich hiꝰ ah   [Fol. 120a.]

The animal nature of the flesh. equal and like to þem, beasts, but doð much more odiously, and what is more to be guarded against, þee, þat misshapest þyself, wilfully and purposely, into þeir nature; þat forfeitest so high a destiny, þe virtue and fitness of maidenhoods grace, for so foul a filð as was above exposed. Who-

Carnal pleasures make one "lower than a beast." soever, from being an angel, alighteð to become lower þan a beast, for recompense so loaðsome, see how þey speed. Nay, þou wilt say, as for þat filð, it is nought, but a mans

She argues for the prudence of a match. vigour is worð much, and I need his help for maintenance and food; of a womans and mans commerce worldly weal arises, and a progeny of fair children þat must give joy to þeir parents. Now þus hast þou said, and ðinkest þat þou sayest sooð. But I will shew þat þis is all made smooð

He replies by strong language. wiþ falsehood. But first of all, now, whatsoever weal or win come out of it, it is all too dear bought, for which þou soilest þyself and surrenderest þine own dear body to be so given up to ill usage, and dealt wiþ so shamefully, wiþ so irrecoverable a loss as þe grace of maidenhood is; and made prolific also for worldly profit. Wo worð þat barter, to give away for any temporary weal maidenhood, which is

Loss of virginity irreparable. queen of heaven, since as of þis loss þere is no recovery, so every value is valueless in comparison of it. Þou sayest þat a wife hað much comfort of her husband, when þey are well consorted, and each is well content wiþ þe oþer. Yea.

Happiness of wedlock denied. But tis rarely seen on earð. Be it, however, so: wherein is þeir comfort and delight for þe most part but in þe filð of þe flesh or worldly vanity, which turns all to sorrow and care in þe end. Not only in þe end, but ever and

Married folk have differences. anon; for many þings shall anger and vex þem, and make þem careful and sorry, and sigh for each oþers ills. Many þings shall separate and divide þem which annoy loving persons: and þe dint of deað at þe end sever one from þe oþer. So it cannot but be þat þat vigour must end in misery, and þe greater was þeir satisfaction togeðer þe sorer is þe sorrow at parting. Wherefore woe is þem, since, as

St. Austin on earthly joys. St. Austin saið, as to what is tied wiþ excess of affection to any earðly object, the delight is bought for ever wiþ a double dole of bitterness, and a false joy wiþ many a sore pain. But well is she þat loveð God: for she can never

deð muchel etiluker ꝸ mare to witen þat forſchuppeſ te   þe, B.
ſelf willeſ ꝸ waldeſ in to hare cunde. þat leoſeð þenne ſe   þe, B.
heh þing þe mihte ꝸ te biheoue of meidenhadeſ menſke for
ſe ful fulðe as if iſcheawet þruppe. Hwaſe of engel lihteð
to iwurðen lahere þen a beaſt. for ſe laðli chaffere; loke
hu ha ſpede. Nai þu wult ſeggen for þat fulðe niſ hit
nawt. Ah monneſ elne if muche wurð. ꝸ me beheoueð
hiſ help to fluttunge ꝸ to fode. Of wif ꝸ wereſ ᴄederinge
weorldeſ wele awakeneð ꝸ ſtreon of feire children þat
gladien muchel þe ealdren. Nu þu haueſt iſeid tus ꝸ   gleadieð, B.
þunched þat tu ſeggeſ ſoð. Ah Iohulle ſcheawen hit alwið   haueſt iſeid, B.
falschipe iſmeðet. Ah on alre earſt nu hwat weole oðer   B. omits nu.
hwat wunne ſe þer eauer of cume; to deore hit beoð aboht.
þat tu þeſelf ſuleſt fore. ꝸ ꝣeueſt þin ahne dere bodi to   [Fol. 120b].
tuken ſwa to wundre. ꝸ fare.wið ſe ſchomliche wið ſwuch   beare, B. for
uncouerlich lure af meidenhadeſ menſke iſ. ꝸ temede baðe   ahne dere.
for worldliche biꝣeate. wa wurðe þat chaffere for eni
hwilende weole ſullen meidenhad awei þat cwen if of   þe, B.
heuene for al ſwa as of þiſ lure nis nan acoueringe; al
ſwa if euch wurð unwurð her toward. þu ſeiſt þat muche
ᴄonfort haueð wif of hire were þat beoð wel iᴄedered ꝸ   þe, B.
eiðer if alleſ weiſ paied of oðer. ꝣea. Ah hit if ſelt ſene   ipaiet, B.
on eorðe. Beo nu þah ſwuch. hare confort ꝸ hare delit
hwerin if hit al meaſt bute iſleſcheſ fulðe oðer in weorldeſ   buten, B.
uanite þat wurðeð al to forhe ꝸ to care on ende. nawt ane   þe, B. ſar, B.
on ende; ah eauer umbehwile. for moni þing ſchal ham
wraðen ꝸ gremen ꝸ makie to carien ꝸ for hare oðreſ
uuel forhen ꝸ ſiken. Moni þing ham ſchal twinnen ꝸ   [Fol. 120c.]
tweinen þat laðeſ leouie men. ꝸ deaðeſ dunt on ende eiðer   laðis, B.
fram oðer. Swa þat ne beð hit naueſ weis þat tat elne
ne ſchal enden in earmðe. ꝸ eauer ſe hare murðe weſ mare
toᴄedereſ; ſe þe ſorhe if ſarre at te twinninge. wa if him
forþi as ſeint Auſtin ſeið þat if wið to muche luue to eni
eorðliche þing iteiet. for eauer beð þat ſwete aboht wið
twa dale of bittre. ꝸ a falſ wunne wið moni ſar tene. Ah   soð, B.
wel hire þat luueð godd. for him ne mai ha nanes weis

lose him any wise, except she play false to him and quit his love. But she will find him ever sweeter and more savoury from age to age, for ever and ever.

Opposes himself to the prudential argument. Thou spakest above of a mans help towards subsistence and food. See now! little needst þou care about þine own living, a meek maiden as þou art and his dear leman who is lord of all þings, nor doubt but he is easily able and gladly will find þee abundantly all þat þou hast need of. And þough þou hadst want, or sufferedst any distress for Christ tries his spouses love. his precious love, as oþer women do for a mans, for þy welfare he permits it to try wheðer þou be true, and he is preparing þy reward, many times greater, in heaven. Under a man's protection þou shalt be sore vexed for his and þe worlds love, which are boð deceptive, and must lie awake in many a care not only for þyself as Gods spouse must, but for many oþers, and often as well for þe detested as þe Worries of housewives. dear; and be more worried þan any drudge in þe house, or any hired hind, and take þine own share often wiþ misery, and bitterly purchase it. Little do blessed spouses of God know of þee here, þat in so sweet ease wiþout such trouble Spouses of Christ have leisure for spiritual ease. in spiritual grace and in rest of heart love þe true love, and in his only service lead þeir life. Tis well enough wiþ þem here and far different elsewhere. All þe worlds weal is rife enough for þem. Þey have of it all þat þey much desire. Whatsoever God sees will be of advantage to þem. Nor may any worldly mishap bereave þem of þeir weal, for þey are rich and wealðy wiþin in þe heart. All þe delicacy and all þe ease is on earð as þe oþer þings of earð, godless and impaired (have þeir possessors never so much of þose external worldly advantages), for þey are always alarmed about losing þem, and yet itch after much more: Wealth is hard to keep, and causes anxiety. þey gain it wið grief, þey watch over it wið fear, þey quit it wið sorrow. Þey toil to acquire it, þey acquire to lose it, þey lose it to sorrow over it. Þus it is þe worlds wheel þat whirleð þem about. Þieves steal it from þem. Rievers rob it from þem. Þeir superior lords punish and enrage þem. Þe moð fretteð þe cloþes, and plague slayeð þe cattle, and þough none of þese þings make weal to perish, whenever þere is much, þe more þere is, þe more is þat which wasteð it. And I know not why men say

bute ȝif ha like him ⁊ his luue leaue ; neauer mare leofen.
Ah fchal ifinden him a fwettere ⁊ fauurure fram worlde in à à, B.
to worlde a on ecneffe.

Þu fpeke þruppe of monef help to fluttunge ⁊ to fode.
Weila lutel þarf þe carien for þin anes liueneð a meke Wala, B.
meiden af tu art ⁊ his deore leofmon þat is alre þinge
lauerd. þat he ne mahe lihtliche. ⁊ þat he nule gladluche ȝe, B.
ifinde þe largeliche al þat te biheoueð. And tah þu wone
hefdeft oðer drehdeft ani derf for his deorewurðe luue af þe [Fol. 120d.]
oðre doð for monnes. to goderheale þin he hit þoleð to
fonde þe hweðer þu beo treowe. ⁊ greiðeð þi mede moni-
fald in heuene. Vnder monnef help þu fchalt fare beon
idernued for his ⁊ for þe worldes luue þat beoð baðe þe, B. ba, B.
fwikele. ⁊ wakien imoni care. nawt ane for þe felf as þarf
godef fpuse. ah fchalt for monie oðre. afe wel for þe laðe
ofte af for þe leue ⁊ mare beon idrecchet þen eni driuel iþe
hus oðer eni ihured hine ⁊ tin anef dale bruken ofte wið
bale. ⁊ bitterliche abuggen. litel witen her of þe felie godes
fpufes þat ife fwote eife wiðute fwuch trubuil. in gaftelich þe, B.
efte ⁊ ibreofte refte luuieð þe foðe luue. ⁊ in his anef feruife
hare lif leadeð Jnoh wel ham if her. ⁊ unilich elleshwer. Ah, B.
Alle worldes wele ham is inoh riue. Al ha habbeð þerof
þat ha wel wilneð. Al þat eauer godd ifeoð þat ham
wule framien. Ne mei na worldlich unhap bireauen ham
hare weole. for ha beoð riche ⁊ weolefule iwið iþe herte. [Fol. 121a.]
Al þe efte ⁊ al þe eife if her af þe oðre beoð godlefe ⁊
ignahene. nabben ha neuer fe muchel wiðuten iþe worlde ;
for þat ha beon eauer feard for to lofen ⁊ ȝifoeð þah after beoð, B.
offearet, B.
muchele. deale mare wið earmðe biwinneð hit wið fearlac
biwiteð hit. forleofen hit wið forhe. Swinken to biȝeotene. forleofeð, B.
swinkeð, B.
Biȝeten for to leofen leofen for to forhen. Þus tif worldef biȝeoteð, B.
leafeð, B.
hweol warpeð ham abuten. þeoues hit ftelen ham. Reaueref fteleð, B.
hit robbeð. Hare ouerherren witið ham ⁊ wraððeð.
Mohðe fret te claðef. ⁊ cwalm flað þat ahte. ⁊ tah nan of
þeos ne makien to forwurðen weole. þer af muchil is eauer
fe þer mare is ; fe ma beoð þat hit wafteð. ⁊ nat ich

þat þey rule it at all, who, will þey nill þey, guard it

A rich man is rich for others, and only takes a small share to himself. for so many oþers, not merely for þeir friends, but for þeir ðorough foes, and who can have no more of it, þough þey have sworn it, but þeir own share only. Þis is now stated because of what þou saidst above, þat of þe union of man and wife would arise riches and worldly weal : þat þou understand how little it profiteð þem even here, in þis world, besides þat it robs þem of þe high kingdom of heaven, unless amidst þeir wealð þey be poor wið holiness of heart. Þus, woman, if þou hast a husband to þy mind and enjoyment, also, of worldly weal, must needs

Suppose thyself poor. happen to þe. And what if it happen, as þe wont is, þat þou have neiþer þy will wið him, nor weal eiþer, and must groan wiðout goods wiðin waste walls, and in want of bread must breed þy row of bairns; and still furþer,

A husband not loved spoils all enjoyment of wealth. viro quem summo odio habes, succumbere, who, þough þou hadst all wealð, will turn it to sorrow; for, suppose now, þat power and plenty were rife wið þee, and þy wide walls were proud and well supplied, and suppose þou hadst many under þee, herdsmen in hall, and þy husband were wrað wið þee, and should become hateful, so þat each of you two shall be exasperated against þe oðer, what worldly good can be acceptable to þee? When he is out, þou shalt have against his return sorrow,

Husband and wife on ill terms described. care, and dread. While he is at home, þy wide walls seem too narrow for þee; his looking on þee makes þee aghast; his loaðsome voice and his rude grumbling fill þee wið horror. He chideð and jaweð þee, and he insults þee shamefully; he makeð mock at þee, as a lecher wið his hore; he beateð þee and mawleð þee as his bought ðrall and patrimonial slave. Þy bones ake, and þy flesh smarteð, þy heart wiðin þee swelleð of sore rage, and þy

Concubitus no delight then. face externally burneð wið vexation. Qualis denique erit conventus vester in lectulo? Illi autem, qui summo amore inter se diligunt, sæpe in hac re se abstinent, quod tamen mane surgentes dissimulant; atque non raro multi, homines nauci, nunquam invicem inter se amant, tam acerbe alter alteram vexat, et alterum altera. Illa autem

Schemata. nolens, quod vult vir, tolerabit, idque sæpius multa repugnans. Eius omnes impuritates atque ludos indecoros, quantumvis cum spurcitia excogitatos, in lectulo nempe,

neauer hwi mon feið þat heo hit al weldeð þat wullen   me, B.
ha nullen ha 'ꞇ biwiteð hit to fe monie oðre. nawt ane to biwinneð, B.
hare freond; ah to hare fulle fan. ne habben ne mahen
þrof þah ha hit hefden fworn bute hare anes dale. Þis is [Fol. 121b.]
nu forþi ifeid þat tu feidef þruppe. þat ter walde wakenen feidest, B.
of wif 'ꞇ weref fomninge richefce 'ꞇ worldeſ weole. þat tu
underftonde hu lutel hit frameð ham ȝet her iþis worlde
teke þat hit reaueð ham þe hehe riche of heuene bute ha
poure beon þrin wið halineffe of heorte. Þus wummon þer in, B.
ȝif þu haueft were after þi wil 'ꞇ wunne ba of weorldef
weole. þe fchal nede itiden. And hwat ȝif ha beoð þe
wone þat tu habbe þi wil wið him. ne weole nowðer. 'ꞇ
fchalt greni godles inwið wafte wahes. 'ꞇ in breades wone greuin, B.
brede ti barnteam. 'ꞇ teke þis liggen under laðeft mon. þat bredes, T.
tah þu hafdeft alle weole: went him te to weane. for beo he went hit, B.
hit nu þat te beo richedom riue. 'ꞇ tine wide wahes wlonke
'ꞇ welefulle. 'ꞇ habbe monie under þe hirdmen in halle 'ꞇ ti [Fol. 121c.]
were beo þe wrað 'ꞇ iwurðe þe lað fwa þat inker eiðer
heafci wið oðer. hwat worldlich weole mei beo þe wunne;
Hwen he beoð ute; haueft aȝain his ham cume far care 'ꞇ
eie. Hwil he bið at hame; alle þine wide wahef þuncheð
þe to narewe. His lokinge on þe agaftið þe. His laðliche
nurð 'ꞇ hif untohe bere makeð þe to agrifen. Chit te 'ꞇ mirhð, T.
cheopeð þe 'ꞇ fchent te fchomeliche tukeð þe to bifmere as
huler his hore. Beateð þe 'ꞇ bufteð þe af hif ibohte þrel
'ꞇ hif eðell þeowe þine banef akeð þe. 'ꞇ þi flefch fmerteð
þin heorte in wið þe fwelleð of far grome. 'ꞇ ti neb ute
wið tendreð ut of tene. Hwuch fchal beo þe fomnunge
bituhhen ow ibedde? Me þeo þat beft luuieð ham tebeoreð þe, B.
ofte þrin þah ha þerof na femblaund ne makien inne mar-
hen. 'ꞇ ofte moni nohtunge ne luuien ha ham neauer fwa
bitterliche bi ham felf teoneð eiðer oðer. Ha fchal his Heo, B.
wil muchel hire unwil drehen ne luue ha him neauer fwa [Fol. 121d.]
wel wið muche weane ofte. Alle hife fulitohefchipef 'ꞇ
hife unhende gomenes. ne beon ha neauer fwa wið fulðe
bifunden nomeliche ibedde. ha fchal wulle ha nulle ha

nolens volens perferet. May Christ shield every maiden

A filthy subject. from inquiring or wishing to know what þese be; for þey þat try þem most, find þem most odious, and hate what þey haunt, and call þose happy who know not what all þis means. But whosoever lieð in foul pools, deep sunken, þough he be conscious he is badly off, never shall recover himself when he would. Look around, seely maiden, if

No escape from a once wedded husband. þe knot of wedlock be once knotted, let þe man be a dump or a cripple, be he whatever he may be, þou must keep to him. If þou art fair, and wið fair cheer fairly salutest all, in no wise shalt þou protect þyself against depreciation and evil blame. If þou art of no great esteem and illtempered, þou mayest boð to oðers and to þy husband become of still less esteem. If þou become of

Then hatred is so strong that women resort to poison, small esteem to him and he of as little to þee, or if þou love him much and he regards þee little, it will grieve þee so strongly þat, quick enough, þou wilt, as many cursed women have done, make poison, and give him a dose of deað in place of remedy. Or whosoever will not act so,

or to witches. may deal wið witches, and to draw his love towards her, will forsake Christ and Christianity, and þe true faið. Now what bliss can þis woman enjoy, who loveð her husband well, and hað his detestation, or who conquers his love in such a manner as þat? When should I have told of all þe ill þat springeð up between þem þat are þus

A barren woman called gelt. associated? If she cannot breed, she is called gelt. Her lord loveð her less and respects her less, and she as one þat is very bad, weepeð at her fate, and calleð þem glad and happy þat breed a family. But now suppose it all happen þat she have her wish of offspring, as she pleases, and þen let us see what amount of joy arises þerefrom.

Objections to breeding a family. In concipiendo caro eius sordibus istis inquinatur, as was before shewn. In the gestation is heaviness and hard pain every hour; in þe actual birð is of all pangs þe strongest, and occasionally deað; in þe nourishing þe child, many a miserable moment. As soon as it appears in þis life, it

The trouble the child gives. bringeð wið it more care þan joy, namely, to its moðer;

Of a misshapen child. for if it is a misshapen birð, as often happens, and if it wants any of its limbs, or if somewhat be amiss, it is a sorrow to her, and a shame to all its kindred, a reproach in an evil mouð, a talk among all men. If it is wellshapen

þolien ham alle. Crift fchilde euch meiden to freinen oðer
to wilnen for to wite hwucche ho beon. for þea þat fondeð   þe, B.
ham meaft; ifindeð ham forcudeft. 7 clepeð ham felie iwif
þe nuten neauer hwat hit is 7 hatieð þat ha haunteð. Ah
hwafe liðileinen deope bifunken þah him þunche uuel þrin   ileifen, B.
he ne fchal nawt up acoueren hwen he walde. Bifih þe
feli meiden beo þe cnot icnute anef of wedlac beo he cangun   cnotte, B.
oðer crupel beo he hwuch fe he eauer beo; þu moft to him
halden. ȝif þu art feir 7 wið glad chere biclepeft alle feire;
ne fchaltu onane wife wite þe wið unworð ne wið uuel
blame. ȝif þu art unwurðlich 7 wraðeliche ilatet. þu
maht ba to oðre 7 to þi were iwurðen þe unwurðere. ȝif   [Fol. 122a.]
þu iwurðeft him unwurð. 7 he afe unwurð þe. oðer ȝif
þu him muche luueft 7 he let lutel to þe hit greueð þe fe
fwiðe þat tu wilt inoh raðe as monie awariede doð makien
puifun 7 ȝeouen bale ibote ftude. Oðer hwa fe fwa nule
don; medi wið wicchen 7 forfaken for to drahen his luue
toward hire; crift 7 hire criftendom 7 rihte bileaue. Nu
hwat bliffe mei þeos bruken þat luueð hire were wel 7   þe, B.
habbes his laððe oðer cuncweari his luue oþulliche wife?
Hwenne fchulde ich al habbe irekened þat fpringeð bituhhe
þeo þat tus beon icedered. ȝif ha ne mei nawt teamen; ha   þe, B.
is iclepet gealde. Hire lauerd luueð hire 7 wurðchipeð   wurðgeð, B.
þe leaffe 7 heo as þeo þat wurft is þrof biwepeð hire wurdef
7 cleopeð ham wunne 7 weolefulle þat teamen hare teamef.   þe, B.
Ah nu iwurðe hit al þat ha habbe hire wil of ftreon þat
ha wilneð. 7 loke we hwuch wunne þer of cume Jþe   [Fol. 122b.]
ftreonunge þrof; if on earft hire flesch wið þat fulden   anan, B.
ituked as hit if ear ifcheawet. Jþe burþerne þer of; is
heauineffe 7 hard far eauer umbe ftunde. Jn his iboreneffe
alre ftiche ftrongeft 7 deað oðer hwiles. Jn his foftrenge
forð; moni arm hwile. Sone fe hit lihtes iþis lif; mare   lihteð, B.
hit bringeð wið him care þen bliffe nomeliche to þe moder.
for ȝif hit is mifborn as hit ilome limpeð 7 wont eni of   wonti ei, B.
his limen oþer sum miffare; hit if forhe to hire. 7 to al
his cun fchome vpbrud in uuel muð. tale bimong alle. ȝif

Anxiety about losing a child.

and seemeð likely to live, a fear of þe loss of it is instantly born along wið it, for she is never wiþout fear lest it go wrong, till one or oþer of þe two lose þe oðer. And often it occurs þat þe child most loved and most bitterly purchased, sorrows most and disturbs his parents at last. Now what joy ha& þe moþer? She haÐ from þe misshapen child sad care and shame, boð, and for þe ðriving one, fear, till she lose it for good, þough it never would have been in being for þe love of God nor for þe hope of heaven nor for þe dread of hell. Woman! þou oughtest to have

A husband is to be shunned.

shunned þis pain beyond all ðings, for þe welldoing of þy flesh, for þe love of þine own person, for þe

A text (Romans vi. 18) against fornication, applied, by this ranter, to marriage.

heal& of þy body, for as S. Paul saið, every sin þat a man doð is wiðout þe body, but þis one. All oþer sins are noðing but sins, but þis is a sin and besides denaturalises þee and dishonoure& þy body. It soile& þy soul, and make& it guilty before God, and, moreover, defile& þy flesh. It is guilty in two respects: it make& wra& þe omnipotent wið þat sooty sin, and þou dost wrong to þyself, þat þou so shamelessly treatest þyself. Now let us proceed. Consider we what joy arise& from

Troubles of gestation.

gestation of children, when þe offspring in þee quickene& and growe&. How many miseries immediately wake up þerewið, and work þee woe enough, fight at þine own flesh, and wið many sorrows make war upon þine own nature. þy ruddy face shall turn lean and grow green as grass. þine eyes shall be dusky, and under þem be spots, and by þe giddiness of þy brain þy head shall ake sorely

Painful description of maternal distresses.

Wiðin þy belly þe uterus shall swell and strut out like a water bag; þy bowels shall have pains, and þere shall be stitches in þy flank, and pain rife in þy loins, heaviness in every limb. þy breasts shall be a burðen on þy paps, and þe milk in drops which trickle out of þem. All þy

Matri longa decem tulerunt fastidia menses.

beauty is overðrown wið a wiðering. þy mouð is bitter, and rolls over all þat þou chewest, and wið disgust accepts whatever meat it can; þat is, wið want of appetite, ðrows it up again. Wið al þy pleasure, and þy husbands joy þou art perishing. Ah! wretch, þe anxiety about þy suffering pain deprive& þee of þe nights sleep. When it come& to þat at last, þere is þe sore sorrowful anguish, þe

Travailing in childbirth.

strong piercing pang, þe comfortless ill, þe pain upon pain, þe miserable wail. While þou art in trouble þerewið, in

hit wel iborn if ꝿ þuncheð wel forðlich ; fearlac of hif
lure is anan wið him iboreɴ. for nif ha neauɘr wiðute care   bute, B.
lefte hit ne miffeare aðat owðer of ham twa ear lofe oðer.
And ofte hit timeð þat tat leouefte bearn. ꝿ iboht bitter-   tet, B.
lukeft forheð ꝿ fweameð meaft his ealdren on ende. Nu
hwat wuɴne haueð þe moder. Ha haueð of þe forfchuppet   of þat, B.
bearn far care ꝿ fchome baðe. ꝿ fearlac of þat forðlich   [Fol. 122c.]
aðat ha hit leofe for gode þah hit neauer nere for godef   B. omits care.
luue ne for hope of heuene. ne for dred of helle. þu ahteft
wummoɴ þif werc for þi flefchef halfchipe for þi licomef
luue ꝿ ti bodies heale ouɘr alle þing to fchunien. for as   ase, B.
s. pawel feið euch fuɴne þat men deð is wiðute þe bodi   me, B.
bute þis ane. Alle oðre funneɴ ne beoð bute fuɴnen. ah   Alle þe, B.
þis if funne. ꝿ eke uncunnelicheð þe ꝿ unwurðeheð þi   ec, B.
bodi. Suleð þi fawle. ꝿ makeð fchuldi toward godd ꝿ
fuleð þi flefch ec. Gulteð o twa half, wraððeð þen al   wreaðest, B.
wealdent wið þat futi fuɴne ꝿ doft woh to þe felf þat tu fe   dest, B. þat
fchomeliche tukeft. ¶ Ga þe nu forðre. loke we hwuch   tu alwilles, B.
wuɴne arifeð þet after iburðerne of bearne hwen þat ftreon
iþe awakeneð ꝿ waxeð. Hu moni earmðen anan awakeneð
þer wið þat wurcheð þe wa inoh fehteð oþifelue flefch ꝿ   þe, B.
weorreð wið fele weanen oþin ahne cunde. þi rudi neb   [Fol. 122d.]
fchal leanen ꝿ as gref grenen. Þine ehneɴ fchulen dofkin   þin, T.
ꝿ under þon woɴnen ꝿ of breinef tɿrnunge þin heaued ake   underneoðe, B.
fare Jnwið þi wombe fwelin þe bitte þat beoreð forð as a   butte þe, B.
watɘr bulge. þine þarmef þralinge ꝿ ftiches iþi lonke. ꝿ
iþi lendene far eche riue. Heuineffe iɴ euch lime. þine
breftef burðen oþine twa pappes. ꝿ te milc ftrunden þat te   burþerne, B.
of ftrikeð Al is wið a welewunge þi wlite ouɘr warpen.   þe þe, B.
þi muð if bitter ꝿ walh al þat tu cheoweft. ꝿ hwit mete   hwet, B.
fe þi mahe hokerliche undorfeð. þat if wið unluft; warpeð
hit eft ut. Jnwið al þi wel ꝿ ti weref wuɴne ; forwurðeft   weole, B.
a wrecche. Þe care aȝain þi pinunge þrahen binimeð þe
nihtef flepes. Hwen hit þer to cumeð þat far forhfule an-
goife. þat ftroɴge ꝿ ftikinde ftiche þat unrotes uuel þat pine
upo pine. þat wondrende ȝeomɘrunge. Hwil þu fwenðheft   Fol. 123a.]

þe dint of deað, shame þere is to increase þat sorrow; wið

Office of the midwife. Inficete episcope!

þe old wives indelicate skill, who know of þat untoward case. Consider whose help þou must have, be it never so unbecoming. þey must needs know all þat herein occurs. Yet

Why he calls up these topics.

let it not seem amiss to þee þat we so speak; for we reproach not women wið þeir sufferings, which þe moðers of us all endured at our own birðs; but we exhibit þem to warn maidens, þat þey be þe less inclined to such ðings, and guard þemselves by a better consideration of what is to be done. After all þis þere comeð from þe child þus born a

Child squalls.

wanting and a weeping, þat must about midnight make þee to waken, or her þat holds þy place, for whom þou must care. And what are þe oþer nasty offices and matters about

Wants caudle.

þe bosom? to swaddle and to feed þe child for so many unhappy moments. And consider his late growing up and

His mother anxious about his life.

his slow ðriving, and þat þou must even have an anxiety in looking for þe time when þe child will perish, and bring on his moðer sorrow upon sorrow. þough þou be rich, and have a nurse, þou must, as a moðer, care for all þat to þe nurse belongeð to be done. þese and oðer miseries which wedlock awakeneð S. Paul comprehendeð in one group of

I. Corint. vii. 28.

words: þey þat be of þat sort shall suffer tribulation. Whosoever ðinkeð of all þis, and of more þat þere is unmen-

These arguments irrefragable.

tioned, and will not scorn þe deed from which it all ariseð, she is harder hearted than stone of adamant; and more mad, if þat can be, þan madness itself. She is her own foe and her own enemy, and hateð herself. Little knoweð a maiden of all þis same trouble of wives woe, in her rela-

Maidens do not anticipate all these troubles.

tion to her husband; nor of þeir work so nauseous þat þey in common work; nor of þe pain, nor of þe foul incidents in þe gestation and parturition of a child; nor of a nurses watches, nor of her sad trials in þe feeding and fostering: how much she must at once put into its mouð, neiþer too much nor too little; þough þis be to speak of ðings not of any importance, þough þey display still furþer in what slavery wives be, þat must endure þe like, and in what freedom maidens be, þat are free from þem all. And what if I ask besides, þat it may seem odious, how þe wife stands,

Housewifely anxieties.

þat heareð when she comeð in her child scream, sees þe cat at þe flitch, and þe hound at þe hide; her cake is burning on þe stone hearð, and her calf is sucking (all þe milk up), þe

te þer˙wið iþi deaðes dute. Schome teke þat far. wið
alle þe alde wiues fchome creft þat cunnen of þat wafið.
Hwas help þe bihoueð. ne beo hit neuer fe uncumelich.
Ha moten nede witen al þat te þer in timeð. ne þunche þe
nan uuel of for we ne edwiten nawt wiues hare weanen þat   edwiteð, B.
ure alre modres drehden on us feluen Ah we fcheapeð
ham forð for to wearnen meidnes þat ha beon þe laffe after-   forte warni, B.
ward fwuch þing ꝉ witen her þurh þe beter hwat ham beo
to don. After al þif cumeð of þat bearn iboren þus wanunge   donne, B.
ibore, B.
ꝉ wepnunge þat fchal abute midniht makie to wakien. oðer   þe, B.
þeo þat ti ftede halt. þat tu moft fore carien. And hwat te   þe, B.
þe þu, B.
eaðer fulðen ꝉ barmes umbe ftunde to fefkin ꝉ to foftren
hit fe moni earm hwile. ꝉ his waxunge fe lat ꝉ fe flaw his
þrifti ; And eauer habben far care ꝉ loken after al þis hwen   [Fol. 123b.]
hit forwurðe. ꝉ bringe on his moder forhe up o forhe. Þah
þu riche beo ꝉ nurice habbe ; þu moft as moder carien for
al þat hire limpeð to donne. Þeos ꝉ oðre armðen þat of   þe, B.
wedlac awakeneð st. pawel bilukeð in ane lut wordef.
Tribulationes carnis &c. þat is. on englich. Þeo þat þul-
liche beoð ; fchulen derf drehen. Hwa fe þencheð on al
þis ꝉ omare þat ter is ꝉ nule wiðhuhe þat þing þat hit al
of awakeneð ; Ha is hardre iheorted þen adamantines ftan.
ꝉ mare amad ꝫif ha mei beo ; þen if madfchipe felf. Hire   amead, B.
ahne fa ꝉ˙hire fend Hateð hire feluen. Lutel wat meiden
of al þis ilke weane of wiuef wa wið hire were. ne of hare
werc fe wlateful þat ha imeane wurchen. ne of þat far ne
of þat futi iþe burðerne of bearn. ꝉ his iboreneffe of nuricef   [Fol. 123c.]
wecches ne of hire wafiðes of þat fode foftrunge hu muchel
ha fchule at eanes in his muð famplen nowðer to muchel
ne to lutel. Þah þis beo of to fpeken unwurðliche þinges.   ne his laðer
Þah þe mare ha fchaweð ihwuch þeowdom wiues beon þat   clutes, B. adds.
þullich moten drehe. And meidnes ihwuch fredom þat freo   mote drehen,
beoð fram ham alle. And hwat ꝫif ich eafki ꝫet þat hit   B. þe, B.
þunche egede hu þat wif ftonde þat ihereð hwen ha cumeð   þe, B,
in hire bearn fcreamen Seoð þe cat at the fliche. ꝉ te hund
at te huide. Hire cake bearneð o þe ftan. ꝉ hire calf

earðen pot is running into þe fire, and þe churl is scólding.

Þough it be an odious tale, it ought, maiden, to deter þee more strongly from marriage, for it seems not easy to her þat trieð it. Þe seely maiden þat haðfully removed herself out of þat servitude as free daughter of God, and his Sons spouse, need not suffer any ðing of þe like. Wherfore, seely maiden, forsake all such sorrow for þe meed reserved þee, as þou oughtest to do wiðout any fee. Now I have

kept my promise above: þat I would show it to be wið falsehood glozed over, what many one saið and ðinkeð it true—of þe happiness and sweetness which þe wedded have; þat it fareð not so, as þose ween who look from þe outside; but it goes quite oðerwise, wið poor and wið rich, wið þose who loaþe and þose who love one anoðer; þat þe vexation in every case exceeds þe joy, and þe loss, beyond all, passes þe gain.

Now, þen, seely maiden, whom David calleð daughter, hear þy faðer, and hearken to his advice, which in þe be-
ginning of þis writing he gave:—Forget þy people þat lieð to þee about þe joy of a husband and of þe world; þy people, þat is to say, þi ðoughts, þat deceitfully lead þee toward all vexation, and forsake þy faðers house, as was before explained, and betake þee to him truly. Wið him þou shalt enjoy, as wið þy wedded husband, world wiðout end,
heavenly joys. Blessed is þe spouse of Him, whose maidenhood is untouched, quando ille super illa gignit, illa autem ea illo parit absque labore et sine dolore. Happy is þe husband when none can be a maiden except she love him, nor free except she serve him; whose offspring is immortal, and whose morrow gift is þe kingdom of heaven.

Now, þen, seely maiden, if it is lief to þee, take him for þy lord, þat ruleð all þat is, and was, and ever shall be; for þough he be richest, he alone beyond all, þe poorest of all þat chooseð him for a husband is acceptable to him. If
þou wishest for a husband þat haðmuch beauty, take him at whose beauty þe sun and þe moon are astonished, to look upon whose countenance þe angels are never satiated, for when he giveðfairness to all þat is fair in heaven and in earð, much more he hað, wiðout all conjecture, retained for himself; and þough he is þus fairest of all ðings, he

fukeð. þe croh eorneð iþe fur ⁊ te cheorl chideð.   Þah
hit be egede fahe; hit ah meiden to eggi þe fpiðre þer
framward. for nawt ne þunche hit hire egede þat hit fondeð
Ne þarf þat feli meiden þat haueð al idon hire ut of þullich
þeowdom afe godes fre dohter ⁊ his funes fpuse drehe nawt
fwucches. for þi feli meiden forfac al þullich forhe far ut-
nume mede þat tu ahef to don wiðuten euch huire.   Nu
ich habbe ihalden mine biheafte þruppe. þat ich walde
fcheawen wið falfchipe ifmeðet þat te moni an feið ⁊
þuncheð þat hit foð beo of þe felhðe ⁊ te fwete þat te
iweddede habben þat hit ne fareð nawt fwa as weneð þat
ifeoð utewið ah fareð al oðer weis of poure ba ⁊ riche of
laðe ⁊ ec of leoue. þat te weane eihwer paffeð þe winne.
⁊ te lure ouer al; al þe biȝeate.

Nu þenne feli meiden þat dauið cleopeð dohter.   Jher
þi fader. ⁊ hercne his read þat he iþe frumðe of þis writ
readde. forȝet ti folc þat liheð þe of weres ⁊ worldes wunne.
þat beoð þine þohtes þat fwikeliche leadeð þe toward alle
weane. ⁊ forfac þi fader hus. as hit is þeruppe iopenet. ⁊
tac þe to him treowliche. wið him þu fchalt wealden as
wið þi were iwedded world buten ende heuenriche winnen.
Eadi if his fpuse hwas meidenhad if unwemmed hwen he
on hire ftreoneð ⁊ hwen ha teameð of him ne fwinkeð ne
ne pineð   Eadi if te were hwen nan ne mei beo meiden
bute ȝif ha him luuie. ne freo bute ȝif ha him ferui.   Hwaf
ftreon if undeadlich. ⁊ hwas marheȝiue if te kinedom of
heuene.   Nu þenne feli meiden ȝif þe is weole leof. nim þe
him to lauerd þat wealdeð al þat is ⁊ was ⁊ eauer fchal
iwurðen. for þah he beo richeft him ane ouer alle; þe alre
meaft poure þat him to were cheofeð; is him wel icweme.
ȝif þat tu wilneft were þat muche white habbe; nim him of
hwas white beoð awundret þe funne ⁊ te mone. upo hwas
nebfchaft þe engles ne beoð neauer fulle to bihalden. for
hwen he ȝiueð feirlec to al þat is feir in heuene ⁊ in
earðe; muche mare he haueð wiðuten eni etlunge at
halden to him feluen. ⁊ tah hwen he þus is alre þinge

Right margin notes:

frommart, B.
þe, B.

[Fol. 123d.]

þulli, B.

þe þu ahtest, B.

habbeð, B.

þe, B.

[Fol. 124a.]

heo (twice), B.

is þe, B.

þe, B.

muchele, B.

[Fol. 124b.]

receiveð bliðely, and embraceð openly, þe loaþliest of all,
and makeð þem seven times sheener þan þe sun. If off-

Have for off-
spring the vir-
tues of the soul, spring be desirable to þee, take þyself to him, under whom
þou shalt in þy maidenhood bring forð daughters and sons
of spiritual teamings, þat never can die, but shall ever

and these shall
sport before thee
in heaven. before þee play in heaven; þat is to say, þe virtues þat he
begetteð in þee by his sweet grace, such as righteousness,
and being wary against improprieties; moderation, and
temperance, and spiritual strengð to wiðstand þe devil
and against sin; simplicity of manner, and affability and
tranquillity, endurance and sympaðy for every mans sorrow,
joy in þe Holy Ghost, and in þe breast peace from envy and
wrað, from covetousness and every immoral error; meek-
ness and mildness, and sweetness of heart, þat belongeð of
all ðings best to maidenhoods virtues. Such is þe offspring
of maidenhood, þe spouse of þe Son of God, þat shall for

But, the depravi-
ties of the heart
are misbegotten
children, born of
fornication with
the devil. ever live and play wiðout end before her in heaven. But,
maiden, þough þou be intact of body, and have pride, spite,
or wrað, covetousness, or wicked will, wiðin in þy heart,
þou dost fornication wið þe evil one of hell, and he be-
getteð on þee þe offspring þat þou bearest. When þy
husband, þe Almighty, to whom þou hast wedded þyself,
seeð and understandeð þis, þat his enemy lieð wið þee,
and þat þou breedest of him an offspring to him most loað-
some, he despiseð þee at once, as is no wonder, and sur-
renders þee fully to him of whom þou breedest, nor does he

God tolerates no
such unfaithful-
ness. keep wið any man, and least of all wið his foeman, any
half measures. Whosoever loveð aught but him, or any-
ðing except for his sake, she enrages him much. Above

Pride is the devils
eldest daughter,
and if thou art
its mother, what
mayst thou ex-
pect? all ðings know þat þou breedest pride by þe devils beget-
ting, for of all vices þat one is his eldest daughter. Þat
first sprang from him while he was yet in heaven, nearly
of þe same age; and so it cast its faðer, as soon as it was
born, from þe highest heaven into þe abyss of hell wiðout
recovery, and made out of an archangel a most odious devil.
Þe daughter þat þus dashed her heavenly faðer down, what
will she do wið her earðly moðer, þat breedeð her in hore-
dom of þe loaðsome being, þe devil of hell? When God
so vengefully doomed his archangel þat begat her in heaven,

feirest; he vnderfeð bliðeliche ꝼ bicluppeð ꝼwoteluche þe
alre laðlukeſt ꝼ makeð ham ſeoueſiðe ſchenre þen þe ſunne.
ꝣif þe were ſtreon leof; nim þe to him under hwam þu
ſchalt iþi meidenhad teamen dohtren ꝼ ſunen of gaſtliche
teames þat neauer ne deiene mahen. ah ſchulen ai bifore þe
pleien in heuene. þat beon þe uertuz þat he ſtreoneð in þe
þurh his ſwete grace. As rihtwiſneſſe ꝼ warſchipe aꝥaines
unþeawes Meſure ꝼ mete ꝼ ᴄaſtliche ſtrengðe to wiðſtonde
þe feond ꝼ aꝥain ſunne. Simplete of ſemblaunt. ꝼ buhſum-
neſſe ꝼ ſtilðe. þolemodneſſe ꝼ reowfulneſſe of euch monnes
forhe. Gladſchipe iþe hali gaſt. ꝼ pes iþi breoſte of onde
ꝼ of wraððe. of ꝥiſcinge ꝼ of euch unþeawes worre.
Mekeleᴄ ꝼ mildſchipe ꝼ ſwotneſſe of heorte þat limpeð alre
þinge beſt to meidenhades mihte. þis is meideneſ team godes
ſunes ſpuſe þat ſchal hire ai libben ꝼ pleien buten ende
bifore hire in heuene. ¶ Ah þah þu meiden beo wiðute
bruche of þi bodi ꝼ tu habbe prude onde oðer wraððe
ꝥiſcinge oðer waᴄ wil inwið iþin heorte; þu forhoreſ te
wið þe unwiht of helle. ꝼ he ſtreoneð on þe þe teames þat
tu teameſt. Hwen þi were al wealden in þat tu þe to wed-
deſt. ſeð ꝼ underſtond tis þat his fa forlið þe. ꝼ þat tu
teameſt of him þat him if teame laðeſt; he forhoheð þe
anan as hit nis na wunder. ꝼ cweðeð þe al cwite him þat
tu of teameſt. ne kepeð he wið na mon ꝼ hure wið his
famon na half dale. hwa þat luueð eawiht bute him. ꝼ
hwat ſe ha for him ne luueð ha wraððeð him ſwiðe.
Ouer alle þing wite þe þat tu ne teami prude bi þe deouleſ
ſtreonunge. for heo of alle unþeawes if his ealdeſte dohter.
Earſt ha wakenede of him þa ꝥet þa he wes in heuene. for
neh wið him euen hald. ꝼ ſwa ha ᴄaſt hire fader ſone ſe
ha iboren wes fram þe hehſte heuene in to helle grunde
wiðute couerunge ꝼ makede of heh engel eatelukeſt deouel.
Heo þat tus aduſte hire heuenliche fader adun; hwat wile
ha don bi hire eorðliche modres þat teameð hire in hore-
dom of þe laðe vnwiht þe hellene ſchucke. Hwen ᴃodd ſe
wracfulliche fordemde his heh engel þat ſtreonede hire in

þe, B. aa, B.

ꝥiſceunge, B.

[Fol. 124c.]
aa, B.

wið unbruche,
B.
forhoreſt, B.
team, B.
wealdent, B.

forheccheð, B.

nan, B. þe, B.
luuieð, B.
[Fol. 121d.]

bute, B.

þen, B.
þe, B.

what will he do wiþ þe woman of clay, meat for worms, who of þe devil breedeþ her on earþ? If wiþ maidenhood þou hast meekness and mildness, God is in þy heart. But

Pride and God cannot dwell together. if in it is presumption or any pride, he is an outlaw from it, for þese must no wise bed in one breast, þey must not dwell togeþer in heaven. þence God cast pride as soon as it was born, and as it knew not which way it came þiþerward, it can never more find its way þiþer. But dwelling here on earþ, she promises as a dwelling place all her moþers—yea, moþers, þough maidens—to her accursed faþer in inmost

Pride is born of a high lineage. hell. Be on guard, maiden, against her. She arose of a pure race, þe angels equals, and in purest breasts she breedeþ yet. þe best she has beguiled, and well she may hope to be victor over man, since she once overcame an angel. She is not in cloþes, nor outwardly, in particoloured dress, þough þis be a mark and a proof of her presence at oþer times;

She is found under monastic habits. but under white, or under black, and likewise under gray, and under green and dark gray, she hideþ in þe heart. As soon as þou accountest þyself better þan anoþer, for whatsoever cause, and hast contempt of any, and hast uncourte-

Compare not thyself with others. ous and contemptuous þoughts, of aught that it is said, the oþer doþ take pride in, þou marrest þy maidenhood and breakest þy wedlock towards God, and breedest by

Look not down on wedded women. his foe. Hold not þou cheap, þough þou be a maiden, þe widow nor þe wedded, for as a carbuncle is better þan a jacinct in þe average of each sort, and yet a bright jacinct is better þan a pale carbuncle; so a maiden, as regards þe grace of maidenhood, overpasseþ þe widowed and þe wedded; and yet a mild wife or a meek widow is better

Penitents better than proud. þan a proud maiden: for þese by reason of þeir sins and þat þey follow þe filþ of þe flesh, bow þemselves down as low and vile, and are sore afraid of Gods awful anger; and as þe humble sinner, Mary Magdalene, wiþ bitter weeping, þey lament þeir guilt, and most inwardly love God, as she did, for þeir forgiveness; and þe one sort, þat keep þemselves wiþout guilt and pure, are as secure, live lustless and lukewarm in Gods love, wiþout any heat from þe Holy Ghost, which burneþ so light, wiþout a wasting combustion in all his chosen; while þe oþers, in a heat of a moment,

heuene; hwat wile he don bi þat lam ⁊ wurmene mete.
þat of þe deouel teameð hire on eorðe; ȝif þu haues wið
meidenhad meokeleo ⁊ mildſchipe; godd is iþin heorte. Ah
ȝif þer is ouerhohe oðer eni prude in; he is utlahe þrof.
for ne muhen ha nanes weis bedden in a breoſte. ha ne
muhen nawt ſomen earden in heuene. þeone godd warp
hire ſone ſe ha iboren wes: ⁊ as ha nuste hwuch wei
ha come þeneward; ne con ha neauer mare ifinden na
wei aȝainward. Ah eardinde her on eorðe bihat eche
wununge alle hire modres al beon ha meidneſ wið hare
awariede fader in inwarde helle. Wite þe meiden wið hire.
Ha cwikede of cleane cunde aſ if in engleſ euene ⁊ clen-
neſte breſten bredeð hire ȝette. þe beſte ha aſ aȝileð. ⁊
wel ha dar hopein to beo kempen ouer mon þat ouercom
engel. Nis ha nawt in claðes ne in feahunge utewið þah
hit beo merke þrof ⁊ munegunge oðer hwiles. Ah under
hwit oðer blac. ⁊ aſ ewel vnder grei as under grene ⁊ gra.
ha luteð iþe heorte. Sone ſo þu telles te betere þen an
oðer. beo hit hwerfore ſe hit eauer beo ⁊ haueſt of eni
ouerhohe ⁊ þuncheð hofles ⁊ hoker of ewt þat mon ſeið þe
oðer deð ȝette; þu marres ti meidenhad ⁊ brekes ti wedlac
toward godd ⁊ of his fa temes Ne telle þu nawt eðelich
al beo þu meiden to widewen ne to iweddede. for alſwa as
a charbucle iſ betere þen a iacinct iþe euene of hare cunde.
⁊ tah is betere a briht iacinct þen a charbucle won. Alſwa
paſſeð meiden onont te mihte of meidenhad; widewen ⁊
iweddede ⁊ tah is betere a milde wif oðer a meoke widewe
þen a prud meiden. for þeos for hore ſunnen þat ha ifleſches
fulðe folhen leoten ham lahe ⁊ eðeliche. ⁊ beoð ſare
offeared of godes luðere eie. And as te eadi ſunegild marie
magdalene. wið bittre wopes bireowſeð hare gultes. ⁊ in-
wardlukeſt luuieð godd al ſwa as heo dide for hare for-
ȝeoueneſſe. And te oðre þat halden ham vnforgult ⁊ cleane;
beon aſe ſikere unluſtie ⁊ wleoche liueð igodes luue wið-
uten euch heate of þe hali gaſt þat bearneð ſe lihte wiðute
waſtinde brune in alle hiſe icorene. And te oðre in a heate

þe, B. in eaw-
bruche, B.
[Fol. 125a.]

ne ne maken,
B.
ſomet, B.

earmðe, B.
bihalt, B.

[Fol. 125b.]
aſaileð, B.

mahunge, B.
aa, B.
telleſt, B.

eawt, B. me, B.
-eſt, B.
[Fol. 125c.]

þah, B.

hare, B.
folhið oþer
fulieð, B.

þe, B.
[Fol. 125d.]
unneaðe, B.
for liueð.
þe, B.
an, B.

are more melted and liquefied into good, þan þe first in þeir lukewarmness all þeir lifetime. Wherefore, blessed maiden, spouse of þe Son of God, be not þou too confident in þy maidenhood only wiðout oðer good and moral virtues, and especially mildness and meekness of heart, after þe example of þat maiden blessed beyond all oðers, Mary, þe moðer of God. For when þe archangel Gabriel greeted her, and brought her þe tidings of Christs conception, observe how low she let herself be when she answered þus of herself: "Behold, þe ðrall of þe Lord; according to þy word," said she, "may it be to me." And þough she were full of all good manners, she only said of her meekness and sang to Elizabeð, "For now my Lord ha ð regarded þe low estate of his hand maiden. All people," said she, "shall call me blessed." Take heed, maiden, and understand hereby, þat more for her meekness þan for her maidenhood, she believed she experienced such grace from our Lord. To all maidenhood meekness is worð much, and maidenhood wiðout it is vile and worð noðing; for a maiden in her maidenhood wiðout meekness is just like oil in a lamp wiðout light. Blessed spouse of God! have þis same virtue, þat þou seem not darksome, but shine as þe sun in þy husband's sight. Vary þy maidenhood wið all good manners, which seem to him fair. Have ever in þine heart þe most blessed of maidens and moðer of maidenhood, and ever beseech her to enlighten þee and give þee love and strengð to follow in maidenhood her excellencies. Þink of St. Kaðarine, St. Margaret, St. Agnes, St. Juliana, St. Lucy, St. Cecilia, and of þe oðer holy maidens in heaven; how þey not only refused kings sons and earls wið all worldly wealð and earðly joys, but endured strong pains raþer þan accept þem and a sorrowful deað at last. Þink how well þey are off now, and how þey revel now in Gods arms as queens of heaven. And if it ever happens þat þy bodys lust, ðrough þe false fiend, leadeð þee towards carnal filð, answer þy ðoughts þus: "Þou makest no progress, deceiver! Such will I be in a maidens life as is an angel in heaven. I will keep myself intact ðrough þe grace of God, as nature me made, þat þe joys of paradise may receive me; such as were, before þey sinned, its first cultiva-

Be not overconfident in thy maidenhood.

Luke i. 38.

Luke i. 48.

Meekness indispensable.

Think of Mary and the virgin saints,

and of their constancy.

Combat the flesh with arguments and resolution.

of a hondhwile beon imealt mare ⁊ iʒotten in godd þen þe   an, B.
oðre in a wlecchunge al hare liffiðe. Forþi eadi meiden   lifsiðen, B.
godef fune fpuse ne beo þu nawt tu trufti ane to þi meiden-   sunes, B.
had wiðuten oðer God ⁊ þawfulle mihtes ⁊ ouer al milt-
fchipe ⁊ meokefchipe of heorte after þe bisne of þat eadi   forbisne, B.
meiden ouer all oðre. marie godes moder. for þa þe hehe
engel gabriel grette hire. ⁊ brohte hire þe tidinge of godes   hire to, B.
akeneffe; loke hu lah ha lette hire þa ha onfwerede þus bi   [Fol. 126a].
hire felue. low her mi lauerdes þralle; After þi word quod
ha mote me iwurden. And tah ha ful were of alle gode
þeawes; ane of hire mekelec ha feide ⁊ fong to Heliza-
beth. for mi lauerd bifeh his þufftenes mekelac me fchulen
clepien quod ha eadi alle leoden. Nim ʒeme meiden ⁊ un-
derftond herbi. þat mare for hire mekelec þen for hire
meidenhad ha lette þat ha ifond fwuch grace at ure lauerd.
for al meidenhad; mekelec is muche wurð. ⁊ meidenhad
wiðuten hit is eðeliche ⁊ unwurð for al fwa is meiden
imeidenhad wiðute mekelec; as is wiðute liht eoile in a   bute meoke-
laumpe. Eadi godef fpuse haue þis ilke mihte þat tu ne   schipe, B.
þunche þeoftri. ah fchine as te funne iþi weres fihðe. feahe
þi meidenhad wið alle gode þeawes. þat þuncheð him feire.   þe, B.
Haue eauer iþin herte þe eadiefte of meidnes ⁊ meidenhades   [Fol. 126b.]
moðer. ⁊ bifech ai hire þat ha þe lihte ⁊ ʒiue luue ⁊   aa, B.
ftrengðe for to folhe in meidenhad hire þeawes. þench o.   forte folhen, B.
st. katerine. o. st. margarete. st. enneis. st. Juliene. st.
lucie. st. Cecille. ⁊ oþe oðre hali meidnes in heuene Hu
ha nawt ane forfoken kingef funnes ⁊ eorles wið alle
worldliche weolen ⁊ eorðliche wunnen; ah þoleden ftronge
pines ear ha walden nimen ham ⁊ derf deað on ende.
þench hu wel ham is nu. ⁊ hu ha blifleð þerfore bituhhe
godes armef cwenes of heuene. And ʒif hit eauer timeð
þat ti licomef luft þurh þe falfe feond leadeð þe toward   leadie, B.
flefchliche fulðe; onfwere iþi þoht tus. Ne geineð þe nawt   þus, B.
fweoke. þullich ichulle beon imeidenes liflade. Jlich heuene
engel. Jchulle halde me hal þurh þe grace of godd af cunde
me makede. þat paraife felhðe underfo me all fwuch af   [Fol. 126c.]

tors. Altogeðer, such I will be as is my dear leman, my precious Lord, and as is þat blessed maiden, þat he chose to

Resolve to remain a maiden, himself for moðer. Such will I keep myself, truly unpolluted, since I am to him wedded. Nor will I for a lust of a little while, þough it seems a delight, cast away þat ðing, þe loss of which I should repent wiðout recovery, and pay for in hell wið every burning. þou wretched wight! all for nought þou provokest me to commit sin, and forego þe bliss upon bliss, þe crown upon crown of a maidens

as if the alternative were hell. reward; and hast a wish and a will to cast me as a wretch into þy pit of punishment; þat instead of þe song of angels out of maidenhoods grace, greet and groan ever wið þe and wið þine in þe eternal horror of hell." If þou þus answerest to þy bodys lust and to þe fiends attempts, he shall flee from þee wið shame. And if he still after þis, soon enough, come to þee and continue to irritate þy flesh and prick þy heart, þy Lord God permitteð þis to enlarge þy

1 Corinth. ix. 25. reward; for, as St. Paul saið, none is crowned except whosoever fights stoutly in þat fight, and wið strong combating overcomeð her flesh; for þen is þe devil, wið his own

Hide thyself in God. guile, shamefully overðrown. When þou, as þe apostle saið, shalt not be crowned, except þou be assailed, for God will crown þee; he will permit þe evil one to assail þee þat

Champions or confessors crown according to B. þence þou mayst earn crown upon crown. Hence it is of most benefit to þee þat when he grieveð þee most, and wið temptations warreð more madly upon þee, if þou hidest þyself well under Gods wings: for by þis war he prepareð þee in spite of his teeð, þe bliss and þe crown of Christs chosen ones. And may Jesu Christ grant þee ðrough his blessed name, and all þem þat quit þe love of man of clay,

He prays his exhortations may avail. to be his leman, and grant þat þey so retain þeir hearts wið him, þat neiþer þe promptings of þeir flesh, nor temptations of þe fiend, nor any of his earðly imps, daze þeir hearts wit, nor twist þem out of þe way, on which þey have entered: and may He help þem so in Him to hasten to heaven, till þey be thiðer mounted, as þeir bridal shall be, into all þat ever blissful is, to sit wiðout end, wið þe blessed bridegroom, from whom all happiness is derived. Amen.

weren ear ha eulten his earſte hearmen. Alluŋge ſwuch
ichulle beoŋ as iſ mi deore leofmoŋ mi deorewurðe lauᵉrd.
ꞇ as iſ tat eadi meideŋ þat he him cheaſ to moder Al   þe, B.
ſwuch ichulle wite me treowliche unwemmet aſ ich am
him iweddet. ne nul ich nawt for a luſt of a lute hwile þah   ane, B.
hit þuŋche delit awai warpe þat þing. hwas lure ichulle
bireuien wiðute couerunge. ꞇ wið eche brune abuggen iŋ
helle. þu wrechwile ful wiht al for nawt þu prokeſt me to
forgulteŋ ꞇ forgan þe bliſſe upo bliſſe þe crune upo crune
of meideneſ mede ꞇ willes ꞇ waldes warpe me as wrecche
iþi learwite. And for þat englene ſong of meidenhades   [Fol. 126d.]
menſke : wið þe ꞇ wið þine gredeŋ ai ꞇ granen iþe eche   aa, B.
grure of helle. ꝥif þu þus oŋſweres to þi licomes luſt ꞇ to   -eſt, B.
þe feondes fondinge; he ſchal fleo þe wið ſchome. And
ꝥif he alles after þis inoh raðe atſtonde ꞇ halt on to eili þi
fleſch ꞇ prokie þin herte. þi lauerd godd it þoleð him to
muccli þi mede. for as ſente pawel ſeið. ne beð nan icrunet
bute hwaſe treoweliche iþulle feht fihte. ꞇ wið ſtroŋg
cockunge ouᵉrcume hire fleſch for þeŋne iſ te deouel wið
hiſ ahne turn ſchomeliche awarpen. Hweŋ þu aſ te apoſtle   þe, B.
ſeið ne ſchalt beon icrunet bute þu beo aſailꝫet. for godd   ꝫef for For, B.
wile cruni þe ; he wile leote ful wel þe unwiht aſailꝫe þe.   [Fol. 127a.]
þat tu earni þer þurh crune upo crune for þi hit iſ þe meaſt   þurh kem-
god. þat hweŋ he greueð þe meaſt. ꞇ toward þe wið fondinge   pene, B.
wodeluker weorreð. ꝥif þu wel hileſ te under godes wengeſ.   te, B.
for þurh þiſ weorre he ꝫarkeð þe unþonc hiſe teð þe bliſſe   wriſt for hileſ,
ꞇ te crune of criſtes icorene. And iheꞅu criſt leue þe þurh   B.
his bleſcede nome. ꞇ alle þeo þat leauen luue of lami moŋ ;   þe, B.
for to beoŋ his leofmoŋ. ꞇ leue ſwa hare heorte haldeŋ to
him. þat hare fleſches eggunge. ne þe feondes fondunge. ne
nan of his eorðliche limen ; ne weorri hare heorte wit. ne
wrenche heŋ ut of þe wei þat ha beoð iŋ gongen And helpe
ham ſwa iŋ him to hihen toward heuene. aðat ha beoŋ
iſtihe þider aſ hare brudlac ſchal iŋ al þat eauᵉr ſel iſ. wið
þene ſeli brudgume þat ſiheð alle ſelhðe of ; ſitten buten
ende. AMEN.